AS SEMENTES
DE FLOWERVILLE

SÉRGIO RODRIGUES

AS SEMENTES
DE FLOWERVILLE

"Um de vocês está com meu elmo; minha máscara de puro sonho. Eu mesmo o forjei, com os ossos de um deus morto."

Neil Gaiman, Sandman

1

Quando Neumani entra na sala, a moça de cabelos longos está ajoelhada entre as pernas do coroa de terno branco sentado na grande poltrona marrom. É uma poltrona Sérgio Rodrigues, ele nota primeiro, antes de entender o que a menina está fazendo. Os cabelos alisados dela formam uma cortininha, mas é evidente que Victorino Peçanha desfruta de um boquete relaxante em seu escritório às nove da manhã de um dia útil. Neumani tenta recuar, pensando ter entendido mal a ordem para que entrasse, mas a secretária assexuada já fechou a porta às suas costas. Peçanha acena em silêncio para que ele acabe de chegar e aponta o gordo sofá areia no centro da sala. Depois de hesitar por alguns instantes, Neumani se senta. Senta e afunda – o sofá areia é modelo movediça. Atolado ali, observa o velho, que continua mudo: sob a cabeleira mais longa que curta, de um grisalho de algodão, o lendário Peçanha ofega um pouco, olhos fechados e narinas latejando no narigão sombreado. Neumani desvia os olhos. Desconfortável dentro de seu terno azul-marinho, o único que tem, luta contra uma azia – hérnia de hiato. Joga na boca dois comprimidos de hidróxido de alumínio e os mastiga com fúria. A menina geme baixinho, entoando uma vaga melodia. Como se cantasse, ele pensa. E por que não cantaria se está com a vida ganha, mamando no mandachuva de Flowerville?

Pelas paredes de vidro atrás da poltrona de grife do velho Neumani tem uma boa vista do bairro pós-urbano a seus pés. Na superfície envidraçada de cada torre as torres vizinhas se refletem, cada uma replicando e sendo replicada pelas demais, como uma floresta de espelhos sob o sol. Por trás dos espigões avarandados ele vê lá no fundo, num dos cantos, como uma pequena mancha opaca, Nova Esplanada. E atrás dela, já quase se confundindo com o horizonte, a vastidão metálica do Moreirão, o Maracanã dos Ferros-Velhos, com seus pára-choques faiscando à luz da manhã.

Trinta e seis andares para baixo, o tapete verde entre as torres de Flowerville é uma malha suave cortada de vez em quando, sempre em ângulos retos, por estradas de altíssima velocidade. Velocípedes estão a salvo. Bicicletas de peão, não. E daí?

— A boca.

Neumani desperta de seu transe para descobrir que perdeu o fim do ato. A menina já está de pé, enfiada num vestidinho amarelo de malha justa. Suas pernas são longas e nada menos que fenomenais. A pele tem um tom de café-com-leite escuro. Ela abre a boca na frente de Peçanha como se mostrasse que não está mascando chiclete.

— *Excellent, honeypie* — ronrona o velho. — Fala com a Ieda, tá?

De saída, a moça lança para Neumani um olhar oblíquo. É bonita de rosto também. Ele calcula, 15, 16?

A sós com Peçanha, Neumani fica encarando a sola do sapato que o coroa, pernas cruzadas, ergue mais alto que seu nariz.

– Bônus salarial – diz o homem com sua voz de lixa grossa, que Neumani conhece de cor dos noticiários e programas de entrevista na televisão.

Não se sente nada bem. Meio tonto, com dor de cabeça, para não mencionar a queimação de sempre no peito, tenta aclarar as idéias. Precisa demais do emprego. Não ajuda sentir-se deglutido por um sofá carnívoro enquanto ainda lhe queima a retina a cena da garota, uma criança, ajoelhada no carpete do escritório numa manhã boba de quinta-feira. Demora a entender. Bônus salarial, disse o Peçanha. A secretária assexuada, cabelos puxados para trás num coque de governanta alemã, enfia na fresta da porta seu nariz reto, sua boca sem lábios, e diz:

– Posso computar pra Valesquinha?

Computar pra Valesquinha o quê? O velho faz que sim com a cabeça. A mulher não move um músculo do rosto, sai de cena. Só então Neumani compreende.

– De quanto é o bônus?
– Trezentos reais.
– Salário fixo?
– Dois mil por mês.
– Peraí – ele acompanha o fluxo de caixa. – Ela ganha 2 mil de qualquer jeito?
– É o fixo.
– Engolindo ou...
– *Exactly*.
– E cada engolida, trezentinho?
– Isso.

— Ela pode ganhar muito bem!
— Costuma tirar seis, 7 mil.
— Só?

O coroa ri:

— Ela não está aqui *all by herself*. Tem os turnos. Se ficasse o tempo todo, tem razão, ganharia bem mais. Estou velho, mas inteiro. Mas — acende um cigarro, dá um meio sorriso torto — devo presumir por essa conversa que você está interessado no job?

De tão baixo, o sofá parece escavado no chão. Batido por ondas de ácido clorídrico, o esôfago de Neumani queima como se ele tivesse engolido um exército de taturanas. Murmura molemente:

— Me estranhando, doutor Peçanha?

E o coroa, juba branca e nariz arroxeado, boceja para o teto.

— No *shift* da noite é um rapaz — diz, parecendo entediado.

— Mas fique tranqüilo, não me passou pela cabeça que você gostasse do emprego. *Just kidding, boy.*

Neumani sente um gosto azedo na garganta: refluxo ou ódio? Sabe que em algum momento terá que falar com Peçanha de Nova Esplanada, confrontar o poder do homem, por mais que precise do emprego. Deve ser por isso que a queimação em suas entranhas bate todos os recordes. Tritura mais dois comprimidos. Está disposto a fazer barbaridades para sair do buraco sem fundo de Nova Esplanada, mas é claro que entre elas não figura a deglutição de bônus salariais. De repente, o coroa milionário lhe parece uma bichona astuta e perigosa, amoldado aos côncavos da poltrona caríssima com suas unhas manicuradas, sua voz de travesseiro. Incrustado no sofá, Neumani tem vontade de fugir, mas faltam-lhe forças.

Há muito tempo lhe faltam forças. Tirar força de onde, se faz mais de um ano que sua mulher é uma estranha e o trata como invertebrado? O sofá que o engole é a representação mais acabada de seu estar no mundo. Ali está Peçanha – *Peçonha* para Nora – que lhes vendeu Nova Esplanada. Nova Esplanada, que lhes destruiu a vida. E ele diz:
— Me contaram que você é um gênio da matemática, é verdade?
— Gênio, eu? – Neumani leva um susto. – Gênio é Fermat.
— Quem?
— Fermat. Um matemático antigo, o maior dos amadores. Francês.
— *Fascinating*.
— Criou um teorema que até hoje...
— Vamos deixar a parte das historinhas pra depois – Peçanha o atalha, espalmando uma mãozona em sua direção. – O negócio é que eu preciso de um gênio vivo, vivíssimo. Se você disser que é um, está contratado. Não que eu acredite assim de graça, mas pago pra ver. Pago o salário de um mês e você vai ter três dias para provar que é gênio mesmo, *no bullshit*. Já andaram tentando, ninguém me convenceu. Mas você é um matemático famoso, tinha aquele quadro na televisão, então quem sabe...

Essa súbita rendição a seu talento menosprezado é mais do que Neumani estava preparado para agüentar. A nostalgia de seus dias de glória como estatístico de plantão nas resenhas esportivas do maior canal de TV da cidade, com direito a pôr a cara no vídeo e ser reconhecido na rua, se mistura de repente à saudade que vem sentindo do tempo em que Nora e ele eram só futuro – pois eram os dois tempos, pensando bem, o mesmo tempo. Vindo de um homem poderoso como Victorino Peçanha, o aceno inesperado ao seu passado quase estelar arrasta Neumani numa onda de admiração sem reservas pela simpatia humilde e lúcida do coroa de cabelo branco e nariz violáceo, o ódio de dois minutos atrás esquecido num instante. Embolada com a admiração vem também uma esperança desesperada de redenção: Peçanha pode ser o seu mecenas, o *deus ex machina* de sua vida descarrilada, quem sabe? Por alguns instantes a vaga gigante quase o afoga, até ir baixando e virar uma ondinha que vai se quebrar numa praia de pânico: e se for peçonhento mesmo, o Peçonha?

Percebendo que o silêncio se prolonga, e que deve ser a sua vez de dizer alguma coisa, Neumani diz:

— Para que o senhor precisa de um gênio da matemática?

Peçanha solta a fumaça devagar, trabalhando o suspense. Encara-o e, quando fala, sua voz tem uma naturalidade estudada:

— Para aperfeiçoar a democracia representativa.

A frase fica flutuando na sala inundada de sol. Neumani não precisa se esforçar para manter uma expressão vazia.

— I *have a dream* — prossegue o coroa. — É um sonho maravilhoso, mas me dizem que não é tão fácil de realizar. Sonhos maravilhosos têm esse hábito. Eu quero, para resumir, salvar a democracia. Melhorar o sistema, garantir o seu futuro, dar o *step ahead* que ele está pedindo e ninguém teve peito para dar. Meu sonho é uma eleição em que cada voto tenha o peso exato daquele eleitor na sociedade. Uma eleição qualitaviva, não só quantitativa, uma representação superior. A questão, *of course*, é como fazer isso.

— Como fazer isso sem ir para a cadeia, o senhor quer dizer?

Peçanha se irrita.

— Mas que fucking cadeia é essa, rapaz? Não tem cadeia, nós estamos falando de uma eleição de condomínio. Não tem tribunal eleitoral aqui.

Neumani se apressa a desconversar:

— E como a matemática pode resolver o seu problema?

— Eu preciso de uma fórmula — Peçanha transfere a raiva para o cigarro, apaga-o com força no cinzeiro enorme que divide com o telefone a mesinha ao lado da poltrona. — Um desvio padrão, sei lá como vocês chamam. Algoritmo, alguém usou essa palavra e eu gostei. Um algoritmo que leve em conta o que cada eleitor é, para fixar o valor do voto dele.

— O que cada eleitor é...

— Quem é *socially*. *Profile* socioeconômico. Posses, nível de educação, ficha criminal.

— Isso deve ser proibido, doutor Peçanha. E de qualquer maneira é impossível, não temos esse tipo de cadastro.

O homem sorri de lado.

— Eu *tenho* esse tipo de cadastro. Até de ficha na polícia, eu tenho. O que eu não tenho é quem me convença de um modo de usar essas coisas, montar a fórmula da sociedade ideal. *You following me?* E o plebiscito está chegando. As árvores vão abaixo *very very soon*, estamos ficando sem tempo.

— As árvores?

Peçanha ignora sua confusão.

— Quanto à lei e essas coisas, é só ser discreto, embutir os cálculos na urna eletrônica. *Black box* total, se é que você me entende. Não é justo que o filho playboy e vagabundo de um membro de ponta de Flowerville, advogado de causas milionárias, tenha um voto com peso igual ao do pai, isso parece justo? Também não faz sentido que a mulher desse mesmo sujeito passe o dia no cabeleireiro e no shopping torrando a grana do infeliz e tenha, na hora da eleição, a mesma voz que ele. Eu estou falando de um caso real, um amigo que conheço bem, mas você há de concordar que *that's the way life is*, é ou não é?

– Bem...

– Mulheres e filhos são um exemplo clássico. Não foi à toa que me livrei delas todas, uma por uma, e filhos nunca quis. *Never*. Você tem filhos? – a pergunta de Peçanha é tão brusca que, apanhado de surpresa, Neumani demora a responder. Logo perde sua chance, pois o coroa prossegue: – O que importa é reconhecer que as pessoas não são iguais, nunca foram. Tratar todo mundo como igual é uma mistura de demagogia e preguiça, dois defeitos graves dessa democraciazinha esclerosada que a humanidade tem praticado. Você não é nem demagogo nem preguiçoso, eu espero.

Uma idéia ocorre a Neumani de repente.

– E se... Podemos tentar o método Monte Carlo – ele se alegra de ver que sua empolgação com o lado técnico do problema supera a vaga repulsa que, politicamente, a conversa de Peçanha lhe provoca. – O problema é que temos variáveis demais aqui. O que você me pede não é uma equação, é uma cristalização inteira de equações. Temos que fechar o foco, trabalhar com médias.

– Médias? Cuidado para não ir só pelo IPTU, já quiseram me vender isso. Achei medieval vincular o voto ao imposto territorial e só. Sem falar que o filho *scumbag* do meu amigo e a mulher dele moram no mesmo endereço.

– Entendo. E a que mais você quer vincular o voto?

Nota que está chamando o Peçanha de você. E que ele deixa. Deve ser um bom sinal.

— *Income*, claro. Sexo, idade. Saúde, educação. Inteligência, quem sabe? *What the hell*, eu não tenho a solução. Essa eu espero que venha de você, se topar o desafio.

— Tá topado — diz Neumani. — Deixa comigo.

Sai do encontro nervoso, sentindo um golpe de ar preso na barriga, mais ou menos na altura em que termina sua gravata dourada de bolinhas pretas, um padrão que esteve na moda quatro anos atrás. A descida em alta velocidade no elevador panorâmico agrava o mal-estar. No térreo atarefado do Pessanhah Tower, entre gente bem vestida e perfumada que vai e vem, saltos tiquetaqueando no chão espelhado, lê os sinais pretos nas paredes de granito branco: *No Smoking, Exit, Toilette, Elevator, Cafeteria, No Access, Personel Only*. Passa de volta pela loura de dois metros de altura que o anunciou pelo interfone uma hora atrás.

— *Welcome to Pessanhah Tower* — ela está dizendo a um grupo de japoneses.

Welcome to Pessanhah Tower. Welcome to Flowerville. Depois de conversar com Peçanha, Neumani já não estranha tanto aquele *welcome* obrigatório que Flowerville parece considerar tão educado. Caminha pelas ruas do condomínio entre bancas de jornal e floristas, mesas de café e tábuas de shiatsu ao ar livre, parquinhos com balanço e anúncios holográficos que saltam na calçada e dos quais todo mundo desvia — por reflexo, mas também porque dizem que dá azar passar dentro de holografia. *Aqui tudo é playground*, o slogan dos tempos do lançamento do projeto pós-urbano lhe vem à cabeça.

Só então se dá conta da vergonha — a vergonha de não ter sequer tocado no assunto de Nova Esplanada em seu primeiro encontro com Victorino Peçanha. Como podia ter acontecido? Chegara a ensaiar o que ia dizer: "Aquele assunto é um, este é outro, doutor. Vamos trabalhar juntos, mas confio que a Justiça ficará do meu lado no caso de Nova Esplanada". Mentira – ficará nada. O caso se arrasta há anos feito lesma por tribunais letárgicos, uma lesma tornada ainda mais lerda pela obrigação de rebocar a montanha de papéis que os advogados milionários de Peçanha tratam de aumentar a cada dia. Mesmo assim, tinha que ter tocado no assunto. Questão de dignidade.

Imagina Nora lhe perguntando se confrontou o homem. Na cena que projeta em sua cabeça, estão jantando no silêncio de Nova Esplanada quando ela crava nele um par de olhos cheios de uma esperança nova, a esperança de salvar um casamento em frangalhos com a simples mudança de endereço. E por que não acreditar, pensa Neumani, que tudo ficará bem outra vez quando forem embora daquela hecatombe, boca banguela em que apenas cinco casas fazem as vezes de dentes e, dessas, só a deles e a do doutor Mirândola são propriamente habitadas, o resto se fechando no vazio como ostras bestas? Neumani se vê mentindo para sua mulher, claro que falou com Peçanha. Confrontou-o, ela precisava ter visto. Depois acha que isso não vai colar e busca outra estratégia: desculpa, evasiva, meia verdade? E o tempo todo, enquanto antecipa a conversa daquela noite diante do jantar de microondas, sabe que os sem-nada estarão lá fora vigiando, só os muros com grades eletrificadas a protegerem os dois da horda de despossuídos. Uma horda composta às vezes de muitas dúzias, o que elevava o alarme de Neumani a níveis dolorosos, para no dia seguinte se contar nos dedos outra vez. Ele nunca conseguiu decifrar a matemática por trás dos movimentos de fluxo e refluxo daquela gente, mas tem certeza de haver no mundo uma equação que os traduza com perfeição. Sua tarefa, a tarefa dos matemáticos, é desentocar essa equação, trazê-la à luz do dia. Sempre existe uma fórmula para explicar tudo, mas às vezes ela se mantém caprichosamente oculta. Como o teorema de Fermat.

Neumani entra em seu carro, que deixou estacionado do outro lado da praça em frente ao Pessanhah Tower, à sombra de uma amendoeira. O dia não é dos mais quentes, mas mesmo assim tira paletó e gravata, arregaça as mangas e abre os dois botões de cima da camisa. O serviço de guarda-livros que o espera, numa transportadora de carga cujos escritórios ocupam um andar inteiro num prédio carcomido da Cidade Velha, não comporta o traje. Mais do que não comportar, Neumani sabe que seria hostilizado se aparecesse por lá naquele apuro. Já basta o atraso desta manhã, que comunicou de véspera, inventando uma consulta médica urgente. Como toque final, desarruma o cabelo diante do retrovisor. Tudo em seu emprego é de uma indigência condizente com seu casamento, com Nova Esplanada, com a vida inteira. E agora sua cara volta a espelhar isso.

Na hora do almoço, Neumani está em pé junto ao balcão de um botequim perto do trabalho, comendo um misto-quente com água mineral, quando ela entra. Balançando os cabelos lisos que batem no meio das costas, vai se sentar sozinha a uma mesa do fundo. Ele a acompanha com os olhos. A menina parece mais frágil e mais jovem do que poucas horas atrás, quando a viu ajoelhada aos pés de Peçanha. O que estará fazendo na Cidade Velha, tão longe de Flowerville?

Valesquinha ergue os olhos de repente e dá com Neumani a observá-la. Apanhado assim em flagrante, ele entra em pânico e procura o teto numa fuga estabanada. Depois se faz de ocupado mordendo o misto, e quando se vira de novo para o fundo do bar os olhos da menina ainda estão fixos nele. Preparado desta vez, sustenta virilmente o olhar. Inclina de leve a cabeça, num cumprimento mais formal do que pretendia.

Então Valesquinha faz algo notável: revira os olhos, torce a boca, capricha na cara de nojo. Neumani deixa o troco e sai correndo dali.

2

Terno *white* e cabeleira mais *white* ainda, Victorino Peçanha está em pé diante do paredão de vidro do escritório. Nariz escurecido por uma rede de veias estouradas e esburacado por gerações de espinhas e cravos, vê sua imagem refletida no vidro, sobreposta à paisagem que se estende infinita para oeste, norte e leste. Quinze para as dez da manhã, as sombras vão encolhendo na terra. Daquele ângulo, no topo do Pessanhah Tower, o olhar de Peçanha abarca cerca de um quarto das 36 torres menores que o escoltam, eqüidistantes, 250 metros a separá-las, com suas varandas envidraçadas. Na planície, parecendo *soft* e *greyish* à distância, mais se adivinha do que se vê o colchão difuso de ruas arborizadas, praças temáticas, aclives e canteiros forrados de flores, muitas flores, um exagero de flores. Para que ninguém possa acusar de gratuito o nome do lugar.

Peçanha tira do bolso do paletó um pequeno estojo *silver*, semelhante a uma cigarreira, e com um clique o transforma num binóculo tipo Jockey Club. O binóculo é pouco potente, apenas o bastante para esquadrinhar as varandas das torres mais próximas, e ajustando o foco na neguinha de bunda enorme que rebola ao limpar uma vidraça ele sente dizer alô outra vez a velha fome que Valesquinha mal acabou de aplacar. Se quisesse ver melhor algum aspecto do condomínio que ergueu do nada, Victorino Peçanha só precisaria abrir a primeira gaveta da cômoda de rádica ali perto, onde guarda o binóculo do exército americano e a estupenda luneta alemã. Para o caso de querer ver mais, de precisar ver tudo, a sala da vigilância fica a poucas dezenas de metros de distância, naquele mesmo andar, com seus paredões de monitores onde chegam os sinais das oitocentas *cams* espalhadas por Flowerville. Minutos atrás, assim que Neumani saiu, Peçanha despachou a ordem para a sala de vigilância: queria que as câmeras seguissem todos os passos do jovem matemático em Flowerville, e que o material editado lhe fosse entregue em sua sala. É uma suspeita vaga, ainda sem forma, mas está habituado a trabalhar com sua intuição como outros trabalham com planilhas de números. Graças ao trabalho do general Boaventura e sua equipe de inteligência, sabe que o homem que acaba de sair do Pessanhah Tower com a missão de encontrar a Fórmula da Sociedade Ideal é um dos treze signatários da ação que os proprietários de Nova Esplanada movem contra ele. Notícia desimportante? A princípio não lhe passou pela cabeça que pudesse ser um problema. Nova Esplanada é um desastre mesmo, seu único empreendimento que se pode chamar de fracasso. Muita gente perdeu as economias de uma vida inteira ali, e se Peçanha tem a consciência tranqüila, jogo é jogo, reconhece que espernear é um direito humano. O que o deixou cismado foi o tal prodígio da matemática passar meia hora em seu escritório e não tocar no assunto. Nada, nem uma palavra. Pode significar que se acovardou. Ou que tem algo a esconder.

Decide pôr o assunto de lado e se concentrar no problema mais urgente que a quinta-feira lhe trouxe. O binóculo é fechado com um clique e some num dos bolsos laterais do paletó de linho branco. Deixa-se cair pesadamente na poltrona e suspira com um princípio de irritação. Vem tentando falar desde cedo com pessoas que Ieda não consegue localizar, perdidas em algum lugar entre a casa e o escritório. Por que ninguém madruga como ele? Sente saudade do breve reinado dos telefones celulares, quando todo mundo podia ser encontrado a qualquer hora. Faz quase dois anos que os aparelhos foram proibidos no mundo inteiro, depois que cientistas de coração mole provaram que as estatísticas quintuplicadas de tumor cerebral acusadas em estudos médicos internacionais podiam ser tudo, menos fortuitas. Mas como faziam falta, os bichinhos. Era mais fácil para Peçanha pôr o mundo para girar em velocidade peçanhônica naquele tempo. Aciona o *intercom* na mesinha ao lado da poltrona.

— Ieda — sua voz soa ainda mais *rough* do que o normal —, tente de novo o Tufic e o Rogério.

Meio minuto depois, pelo viva-voz:

— Tufic, como vai?

— Quanta honra, doutor Peçanha.

— Escuta, tem um *news item* aí, que a sua revista tem, que me prejudica. Eu não quero que saia.

— Não estou sabendo, doutor.

— Procura saber. Ontem à noite, na Cavalinhu's, um cidadão bebeu demais, quebrou uma garrafa na cara do garçom.

— Um minuto, doutor Peçanha. O senhor me pegou chegando aqui, vou me informar e ligo de volta.

Três minutos depois:

– Vi o material, doutor. É forte.

– Pois então. O tipo de coisa que nós sempre resolvemos aqui dentro de Flowerville, concorda? O garçom é um zémané. Hoje cedo um advogado nosso procurou a família dele e já fizemos um *deal*, indenizamos o sujeito muito acima do que ele vale, é lógico que toparam. A história nem bateu na polícia, nenhum jornal soube. Mas infelizmente um fotógrafo seu tem tudo.

– Tem, eu vi o material.

– Então você entende que isso não pode sair na imprensa de jeito nenhum. Não é por mim, eu estou intercedendo por um amigo. Você nem imagina os favores que eu faço para os *true friends*, Tufic, aqueles que me atendem quando eu peço alguma coisa na maior humildade.

Havia algo de deliberado e lento no tom de Peçanha.

– Claro, doutor. Eu nunca publicaria isso, não faz o estilo da *Íntima*.

– Achei que não.

– O senhor deixe comigo.

– Pois eu quero que você me delete imediatamente esses arquivos, que essas imagens sumam para sempre.

– Ahn... Doutor, eu destruo as fotos aqui. Quanto a elas sumirem para sempre, não posso garantir.

O rosto de Peçanha escurece até ficar inteiro da cor de seu nariz, *deep purple*. A cabeleira branca se alvoroça, a voz parece amplificada por um equipamento ruim, *subwoofer* com defeito:

– Pois devia poder, se é o *boss* dele.

– Não, eu...

– Se eu descobrir que alguma dessas imagens sobrou voando por aí, vou responsabilizar você, Tufic, está me entendendo? Não um fotógrafo maluquete que eu nem conheço.

— Doutor, aí é que está, eu não sou o chefe dele. O cara não tem chefe, é frila. O Rogério Lapa também comprou as fotos, e a essa altura eu sei lá mais quem... Mas apresento o fotógrafo pro senhor, se chama Gabriel, tem vinte e poucos anos. Uma revelação entre os paparazzi, mora na Cidade Velha.

— Hmm.

— Falando franco com o senhor, doutor Peçanha, se me permite, o Bruno Leonte abusou do direito de fazer merda ontem. O senhor vai ver as fotos.

— Ele cortou o cara todo?

— Retalhou a cara do cara inteirinha. Arrancou uma orelha, um dos olhos tá perdido também. Uma lástima.

— Realmente, não precisava disso. Olha, Tufic, vou te dizer: não tinha a menor necessidade disso.

— Ele mijou no cara, doutor.

— Hein?

— Depois de deixar o sujeito deitado numa poça de sangue, o Bruno botou o pau pra fora e deu uma mijada na cara dele.

— *Enough said*, rapaz. Coisa de bebum.

— Um crime bárbaro, doutor Peçanha. Essas fotos são quentes demais, não é justo eu ficar com essa pemba na mão. Como vou garantir que, a essa altura, o puto do fotógrafo já não passou tudo pro *Povão*?

— Me dá o telefone dele. O endereço também.

O editor da *Íntima* recita o número de Gabriel Terracotta. Começa com nove e termina com sete.

— O endereço, vou ter que ver com a minha secretária. Ela liga pro senhor.

— Aguardo pra já. E olha, Tufic, não diga nunca mais que o que houve na Cavalinhu's foi um crime bárbaro. Aquilo nem crime foi, foi briga de bar, sabe briga de bar? Eu te disse que nós já fizemos um *deal* com a família, vamos pagar uma baba, muito mais do que aquele *fucking nigger* ganharia trabalhando dez anos.

— Certo, mas...

— Dez anos de salário por uma noite, agora imagina isso prum crioulo... *You following me?* A família do homem não pensa na coisa como crime, tá soltando foguete lá no morro. Eu não penso na coisa como crime, a polícia não pensa, ninguém pensa. Só você. Não pense, Tufic.

Peçanha julga ouvir com nitidez um gole seco do outro lado da linha.

— Certo, doutor — diz o editor da *Íntima*. — Não vou pensar.

Em seguida, o Rogério da *Célebres & Bonitos*.

— Bom-dia, Rogerinho.

— Querido chefe, que bom ouvi-lo. Tem compromisso pro almoço?

— Tenho. Você soube da cagada na Cavalinhu's?

— Soube, claro.

— Chato pra burro.

— Muito.

— Eu, particularmente, estou arrasado. *Crushed* mesmo. Vou proibir o Bruno Leonte de beber para sempre.

— Também não é para tanto, doutor. Foi um estrago feio, mas o cara que o Bruno cortou não é ninguém, essa é a sorte. Um preto lá, um coitado. Já pensou se ele corta alguém, o filho de um flowervilliano legítimo?

— E olha que ele seria bem capaz de fazer isso. Você comprou as fotos também?

— Comprei nada. O Gabriel deixou aqui, mas não tenho o que fazer com elas. Só daria para usar, com boa vontade, algumas da mijada, que passam por cômicas. O resto é impróprio para menores de 29. Agora, se cair na mão de um jornal popular...
— Você conhece esse Gabriel?
— Conheço, é meu chapa.
— Pois então diz pra ele que se uma foto dessas for publicada, a vida dele vai valer uma saída de fotógrafo pela tabela do sindicato. Você dá esse recado pra ele? Essa foto sai em qualquer lugar, qualquer um, e a vida dele passa a ter exatamente o valor de uma saída de fotógrafo pela tabela do sindicato.
— Mestre Peçanha, entendido. Sou seu criado.
— Diz pra ele que eu estou mandando dizer. E explica quem eu sou, *just in case* ele não saiba.
— Ele sabe — diz o editor da *Célebres & Bonitos*.

Depois de desligar, Peçanha se dá conta de que o tamanho do problema que o surpreendeu aquela manhã vinha oscilando como uma sanfona. Logo no café, o choque da notícia o deixou com vontade de estrangular Bruno bem estrangulado, acabar com aquilo para sempre. Menos de meia hora depois veio o alívio com as novidades do hospital, o garçom cego de uma vista e sem meia orelha, mas muito longe de correr risco de vida. O acordo com a família foi feito em tempo recorde, tudo ótimo, mas de repente, quando já estava no escritório e começava a acreditar que a quinta-feira engrenaria numa rotina abençoada de reuniões e *fellatios*, o novo susto: o general Boaventura ligando para dizer que um repórter da *Íntima* tinha fotografado tudo. Teve uma crise de tosse que não passava, esbarrou com seu nariz refletido no janelão de vidro e viu que ele estava roxo feito uma equimose. Espumou, xingou Bruno Leonte de bicha bêbada, o fotógrafo de lambe-lambe filho de uma vaca...

Agora, depois de conversar com os jornalistas, volta a se sentir mais tranqüilo. Boaventura discordaria, é claro: ele nunca estava tranqüilo. Peçanha revê em pensamento o rosto do velho milico reformado, o lado direito da testa franzido num ricto permanente, tradução de sua entrega total à tarefa de ser os olhos e os ouvidos do patrão, em contraste com o lado esquerdo impassível, no qual nem mesmo um exame com lupa revelaria uma ruga. O que, longe de ser sinal de serenidade, é o contrário – seqüela de um derrame. Peçanha sempre achou engraçado que João Boaventura, gênio da inteligência militar, tivesse perdido os movimentos justo no lado esquerdo do rosto, após dedicar a vida à supremacia da banda direita do mundo. Se lhe perguntassem, diria provavelmente que o hemisfério canhoto não lhe fazia falta.

A tese exposta por Boaventura ao telefone, aquela manhã, era a seguinte: o episódio na Cavalinhu's tornava-se mais grave porque havia indícios de estar a caminho um golpe corporativo liderado pelos Spindolas para retirar de Peçanha o controle acionário da Flowerville Enterprises. Não deu detalhes, depois conversariam. Talvez suspeitasse até de Bruno Leonte. Ou da própria sombra.

– Ieda, a secretária da Íntima ligou para...

– O endereço do fotógrafo, ligou. Está anotado.

– Ótimo, me ache o general.

Não se deixou alarmar demais. Sabe que Boaventura, além de mal-humorado, é paranóico, defeito que vira virtude em seu ramo de atividade. Confortável na poltrona, Victorino

Peçanha acende um cigarro e sorri para o tempo que se aproxima, o tempo de ganhar dinheiro: obras, empreiteiras, comissões, a rotina. Sempre sorriu assim, por dentro, um sorriso que quase não mexe com os lábios e é mais um pano de fundo para seu perpétuo espanto, quase uma euforia, de ter sido capaz de jogar com tanta destreza as cartas que o destino lhe deu.

Aos 30 anos de uma biografia ordinária, o único traço marcante sendo uma queda incontrolável pelas mulheres e pelo carteado a dinheiro, nessa ordem, Victorino Peçanha herdou do pai a metade de um posto de gasolina de beira de estrada, o Bela Cintra. Era um posto amplo e enegrecido na periferia desolada da Cidade Velha, perto de um ferro-velho e de um laboratório químico decadente, o Farmacon. À noite corria por ali, assobiando, um vento que dava arrepios. O normal era que em pouco tempo ele torrasse o Bela Cintra na mesa de jogo. Não esperava outra coisa o doutor Mirândola, advogado que era sócio de seu pai e que veio de contrabando na herança, junto com sua metade do posto de gasolina. Mirândola nunca escondeu o desprezo que sentia pelo filho único do amigo, mas a verdade é que o jovem Victorino não torrou o Bela Cintra no jogo. Pelo contrário, na mesa de carteado conheceu uns militares, ganhou aqui, perdeu ali, ficaram chapas. Foi então que o destino deu as cartas novamente e ele se viu, pela primeira vez na vida, de posse de uma mão perfeita. Seus amigos militares, oficiais de diversas patentes agrupados sob a liderança do general Rubião, viraram figurões no governo do ditador da vez. Logo, negociando com eles em assuntos da maior gravidade e por meio de expedientes de uma ousadia quase insana, Victorino Peçanha conseguia comprar o vizinho Farmacon e tratava de adquirir também, em condições facilitadas por um banco oficial e a preço de amendoim, alguns hectares de terras improdutivas ali perto – lotes da União. Flowerville começava a nascer, embora naquele tempo seu criador não tivesse como saber disso. Ia improvisando.

Ieda interrompe seus pensamentos para dizer que Boaventura está na linha.

– General, como vai indo o dia?

– Mais ou menos.

– Você venceu, vamos apertar o fotógrafo. Manda dar uma dura, umas porradas se precisar. O importante é arrancar dele o arquivo com essas fotos.

– Sábia decisão – diz o militar.

– Estou com o endereço aqui.

– Eu já tenho.

– Claro que tem, general. Que *silly* que eu sou.

Essa – Peçanha sorri com prazer infantil – escapou. Costuma se policiar nas conversas com Boaventura porque sabe que o velho, entre outras esquisitices, é um policarpo que quase vomita quando ouve a língua *remixed* de Flowerville. E daí, ou melhor, *so what*?

Após desligar, levanta-se da poltrona com certo esforço, um estalido nos joelhos, e volta a se perfilar junto ao paredão de vidro. Um helicóptero negro passa a poucos palmos de seu nariz em vôo de rotina. Tem a sensação de que tudo está sob controle, apesar da paranóia do general. Ou seria por causa dela? A Condoguard que o milico comanda, com seus profissionais discretos, ternos pretos, coadjuvados por exímios motoristas e pilotos de helicóptero, dá a Flowerville toda a segurança de que ela precisa. Entre os muitos orgulhos de Peçanha, este é um dos maiores: ter blindado a segurança das ruas com um exército de armários treinados, caros, hiperatentos, como se algum figurão da política fosse sempre discursar nas redondezas dentro de quinze minutos. Encarece o condomínio like hell, mas vale a pena.

A lamentar somente que, sendo humanos, os condoguardas não fossem infalíveis, ou teriam conseguido prevenir a porra-louquice de Bruno Leonte às vésperas da eleição.

Quando se senta de novo na poltrona de grife, Peçanha sente que o peçanhudo quer furar as nuvens outra vez, como se invejasse a verticalidade gloriosa do Pessanhah Tower.

— Ieda, a Valesquinha já foi rendida?

— Não, está aqui.

— Beautiful. Manda entrar correndo.

3

Em pé diante da uma das paredes de monitores da sala de vigilância, no último andar do Pessanhah Tower, João Boaventura acompanha há alguns minutos a evolução do rapaz de terno azul-marinho pelas ruas de Flowerville. A caminhada dele se estilhaça em muitas telas, e cabe à mente do general recompor os fragmentos num todo coerente. Um dos operadores vem lhe dizer que o doutor Peçanha ordenou que fizessem exatamente isso, e que o arquivo com o material editado lhe fosse entregue o mais depressa possível.

Quando o operador se afasta, Boaventura dá um sorriso discreto com o canto direito da boca, feliz por confirmar que sua sina é estar um passo à frente do patrão. O sorriso, porém, fica pela metade, e não apenas porque a paralisia do lado esquerdo de seu rosto não lhe permite compor uma máscara integral de satisfação. Há uma outra trava, interna e por enquanto difícil de definir, um estado de alerta quase doloroso que o faz inspecionar os monitores nervosamente, mãos unidas às costas, o peso do corpo apoiado ora numa perna, ora na outra. Trinta e seis andares abaixo, o tal de

Neumani entra em seu carrinho acanhado e fica ali por um tempo acima do razoável, sem dar a partida.

– Me dá uma aproximação aqui, depressa.

Os operadores entendem que Boaventura quer um *zoom*, embora ele jamais pronuncie essa palavra. Obedecem correndo. Um observador que não conhecesse os personagens envolvidos na cena acharia engraçado que tivesse tanta autoridade sobre aqueles homens sérios de uniforme preto um velho cinza de aparência frágil e largada, metido num agasalho de ginástica puído e com jeito de quem acabou de chegar de um jogo de damas com outros aposentados na praça central de Flowerville.

O *zoom* deixa a imagem granulada, e os reflexos do sol nos vidros do carro ajudam a tornar tudo mais confuso.

Neste momento, porém, cinco das câmeras de vigilância estão apontadas naquela direção, e fazendo seu olhar ir de uma para outra o general compreende que o homem está trocando de roupa dentro do carro. Trata-se de um modelo antigo, anterior à lei que tornou obrigatória a instalação de vidros blindados em todos os automóveis fabricados no país – uma lei que a indústria tomou como pretexto para encarecer seus produtos mais um pouco, é claro, recobrindo os vidros indestrutíveis com uma película que os tornava indevassáveis a câmeras bisbilhoteiras também. Por sorte, o carrinho do rapaz não tem nenhuma dessas modernidades. Pela câmera que enquadra o pára-brisa de frente, Boaventura vê quando o sujeito, com método e vagar, arrepia o cabelo diante do retrovisor. O matemático está compondo uma outra cara. Indício de dupla personalidade?

O general está acostumado a lidar com o quebra-cabeça do mundo. Sabe que nem sempre as peças certas são aquelas que à primeira vista parecem se encaixar, e já viveu o bastante para chegar à conclusão de que uma junção precipitada de cacos pode ser tão danosa, por inaugurar uma série de erros que depois se perde um tempo enorme desfazendo, quanto a paralisia mental que o caos de milhões de fragmentos desarticulados pode induzir.

Quando o homem finalmente dá a partida em seu carrinho e contorna a praça principal, embicando na direção da saída de Flowerville, o general sabe que ali está uma peça, sem dúvida nenhuma. E que por enquanto não passa disso, um caco de formato curioso que tanto pode estar no centro nevrálgico como na periferia insignificante do quebra-cabeça. Tira o rádio da cintura e ordena ao comando dos condoguardas que alguém o siga para além dos muros de Flowerville.

Após sair da sala de vigilância, o general desce um andar pela escada e caminha lentamente pelo corredor, distribuindo cumprimentos discretos de cabeça a todos com quem cruza – o mesmo cumprimento para executivos engravatados e faxineiros, sem distinção. Diante de uma porta nua, sem número ou letreiro, pára. Tira do bolso um chaveiro em forma de granada e gira a chave na fechadura.

A saleta de Boaventura não chega a ser duas vezes maior do que um quartinho de empregada num apartamento de classe média. Comporta uma pequena mesa de fórmica coberta de papéis e enfeitada por um computador moderno com monitor de cristal líquido e, em contraste cômico com ele, um velho aparelho de telefone preto. Há ainda uma cadeira de encosto reto, duas prateleiras de metal na parede dos fundos com alguns tomos de capa dura. É só. Nenhum quadro, nenhum porta-retrato, vaso ou troféu, nada que denuncie a intenção de personalizar o ambiente. Não existe janela, apenas um basculante pequeno lá no alto, junto ao teto. Difícil imaginar sala mais pobre e mais feia. Boaventura prefere pensar nela como espartana. Puxa a cadeira, senta-se, junta as mãos sobre o teclado. Em lugar nenhum consegue organizar os pensamentos tão bem quanto aqui.

Como faz todos os dias desde que insistiram para que tivesse um computador ligado à rede mundial de computadores, uma idéia que no começo lhe parecia vagamente subversiva, o general Boaventura abre o site de busca – que ele chama de sítio – e digita um longo nome de mulher: "Maria Fernanda Fróes de Barros Roditti". Às vezes mudava a grafia, Roditi, Rodite, ou abolia um dos nomes. Chegou até, em momentos de desespero, a experimentar combinações em que entrava o velho nome de guerra: Betina. Houve ocasião de perder dias seguindo pistas falsas, resultados parcialmente corretos, Maria Fernanda Barros Fróes, Fernanda Maria Ridotti. No encalço desses sinais promissores, às vezes acontecia de ficar com o coração aos pulos. Chegou a pôr investigadores particulares na cola de duas ou três dessas Fernandas, mas tudo deu em nada. Passados os primeiros anos, concluiu que Maria Fernanda tinha sumido, evaporado. Betina também. Ou estavam no exterior. Ou tinham, ambas, adotado uma terceira identidade, por mais difícil que tenha ficado acreditar nisso depois que o regime acabou e terroristas muito mais perigosos do que Betina saíram de suas tocas, voltaram do exílio, foram aclamados nas urnas pelo povo asnal, viraram autoridades. Por que ela tinha de continuar escondida? Por que não o procurava para agradecer tudo o que fizera por ela?

A busca desta manhã lhe enche a tela com as páginas erradas de sempre. Não precisa abrir nenhuma delas para saber que acaba de morrer mais um pouco a esperança de reencontrar Maria Fernanda, hoje provavelmente uma coroa bonita, quem sabe meio pesada — uma matrona? Tenta convocar à memória o corpo dela para decidir se seria possível adivinhar em suas formas juvenis a maturidade sólida, e por um ou dois segundos acredita que sim, mas o sucesso da tentativa é precário. Irritante. João Boaventura sofre com essa opacidade traiçoeira da memória. Se pudesse rever Maria Fernanda Fróes de Barros Roditti, qualquer que fosse hoje o tamanho de suas ancas e peitos, sabe que tudo seria diferente. Não escolheria trabalhar numa salinha escura e feia, não usaria esse agasalho velho, não teria a cara torta, seria vaidoso e bem-humorado e corajoso a ponto de mandar Victorino Peçanha à merda sempre que ele tentasse, como tentava o tempo todo, transformar um profissional de inteligência da sua envergadura num alcoviteiro vulgar.

O general Boaventura está mais tenso do que o normal esta manhã. Sabe disso porque seu olho direito, o único que pisca, pisca sem parar diante da tela, que ele agora olha sem ver. Espanta-se, como tem se espantado de vez em quando nas últimas décadas, com o rumo que o mundo tomou sem lhe pedir licença, sem bater continência, sem lhe reconhecer a patente. O mundo merecia corte marcial? Como era possível que tivessem se desmanchado sem deixar traços todos os sonhos da sua mocidade com um país limpo, reto e bom? E como foi mesmo que ele – não Rubião, não Bauer, não Feitosa Neto, justo ele, Boaventura – terminou se agarrando a Peçanha como a uma bóia salva-vidas quando tudo o que valia a pena naufragou?

Trinta anos atrás, quando o jovem Victorino fez a proposta ousada ao grupo que se reunia para o pôquer semanal na sala dos fundos do posto Bela Cintra, foi o major João Boaventura quem ofereceu maior resistência. A idéia de misturar um civil em graves negócios de Estado lhe parecia, por princípio, repugnante. Também não confiava muito naquele grandalhão cabeludo que vivia arrotando suas conquistas amorosas, embora isso não o tivesse impedido de se juntar ao grupo de carteado do Bela Cintra. Se o general Rubião gostava do homem, como parecia gostar, não seria Boaventura o estraga-prazeres. Além de ser respeitador da hierarquia, tinha o general Rubião na conta de grande homem, grande militar e grande patriota. Foi o que no fim das contas o fez aderir ao plano maluco do Farmacon: o grande patriota não via nada de errado na idéia de improvisar no laboratório químico abandonado que apodrecia nas vizinhanças do posto de gasolina um centro secreto de detenção e interrogatório. Rubião alegou que não lhes restava outra saída num momento em que os maiores dirigentes do regime, cedendo às pressões de bispos, jornalistas e outros canalhas, e traindo de forma vergonhosa os ideais da Revolução, tornavam cada vez mais insustentável desenvolver em instalações militares convencionais um trabalho sério de inteligência antiterror. Boaventura se lembra de ter exposto reservadamente e com tato ao general Rubião suas críticas ao plano de Peçanha. A resposta do homem:

— Você tem razão, mas fomos forçados a isso. A que ponto chegamos, João. Vamos acabar tão clandestinos quanto o inimigo.

Uma semana depois, Victorino Peçanha obteve um empréstimo a juros paternais num banco oficial para comprar e reformar o Farmacon. As obras necessárias para adaptar o laboratório decaído às suas novas funções não eram excessivas nem caras. O lugar se impusera justamente por estar quase pronto: tinha aquele porão de pedra espaçoso e fundo, uma cave concebida para estocar produtos químicos ao abrigo da luz, ainda cheia de tonéis de ácido sulfúrico e amônia, sulfatos e sulfetos, solventes e sabe-se lá o que mais. Bastava acrescentar divisórias, equipamentos adequados, algumas grades de ferro chumbadas na parede, o resto estava lá: instalação elétrica, sistema de ventilação e até o requinte de um túnel estreito mas funcional que dava para uma boca com jeito de cisterna camuflada entre os arbustos de um terreno baldio a mais de cem metros dali. O túnel sugeria que os antigos proprietários do Farmacon tinham se dedicado a negócios menos que legais – o escoamento de drogas sintéticas para o mercado do vício era o mais provável – bem antes de Peçanha adquiri-lo com propósitos igualmente escusos. Por onde entravam e saíam drogas, agora iam entrar e sair os inimigos do país. Mesmo Boaventura reconhecia haver uma espécie de justiça poética nisso.

Inimigos. É esse pensamento familiar que traz o general Boaventura de volta a seus afazeres. Hoje os inimigos são outros, mas não foram embora. Deu-se o contrário: multiplicaram-se, estão por toda parte. Lá, mas também aqui. Fora e dentro. Levanta-se da cadeira e começa a andar pela sala, dois passos para lá, dois para cá, pensando: o resto é besteira, tudo besteira. Faz tempo que o jogo terminou e você perdeu de goleada, João, vamos ao quebra-cabeça do mundo.

O quebra-cabeça que se apresenta ao general reformado João Boaventura, ex-subchefe de inteligência do II Exército e atual diretor de segurança da Flowerville Enterprises, tem os contornos gerais do próprio projeto pós-urbano que Peçanha criou, hoje cambiantes devido à febre de reinvenção que se apossou de tudo. É curioso, pensa o velho militar – para quem nem mesmo os detalhes poéticos devem ser desprezados –, que nos últimos dias as cigarras se arrebentem de cantar entre as amendoeiras de Flowerville. Como se soubessem que as amendoeiras vivem seu último verão e tratassem de aproveitá-las ao máximo.

Na cabeça de Boaventura, não cabe dúvida: as cigarras são peças do mosaico também. Porque as amendoeiras estão envenenadas por um tipo raro de praga, a broca-azul-de-Bucareste, para a qual não há cura, só contenção, e, não havendo de existir amendoeiras mais, Peçanha tinha decidido ser indispensável que o projeto paisagístico do condomínio fosse inteiramente revisto. Alegava que o próprio modo de vida de Flowerville tinha por pilares aquelas 284 árvores condenadas.

Os representantes da classe média-média se apavoraram com as cifras envolvidas, a cota extra projetada sobre um condomínio já escorchante, e fecharam questão: as árvores iam morrer? Era só replantar. Levaria anos para ficar bom? Esperava-se. A idéia do plebiscito foi de Peçanha. Talvez por ser mais excitante que uma assembléia de condomínio, todos a aprovaram – inclusive a classe média-média, que se sabia superior numericamente e devia contar com uma vitória fácil. A primeira pergunta do plebiscito, marcado para a semana seguinte, era: com a morte das amendoeiras, Flowerville deve adotar um novo projeto paisagístico? E a segunda: se sua resposta foi sim, que projeto prefere, o neoclássico ou o multicultural?

Era a última questão que vinha acirrando os ânimos na elite de Flowerville, elevando-os a uma temperatura incomum. O clã dos Spindolas resolveu apostar todas as fichas no projeto "étnico" de Lidinha Pissaraçuba, recém-chegada do mestrado na Universidade da Califórnia. Peçanha apadrinhou o ousado formalismo de um arquiteto de província, um jovem mineiro chamado Bruno Leonte. O predileto de Peçanha propunha um exercício que unia engenhosamente a circularidade da ágora clássica ao sombreamento da alameda parisiense, com efeito poderoso e o único senão, talvez, de se inclinar para o pretensioso e o solene. Mas Bruno Leonte, que podia ser desequilibrado mas não era burro, contra-atacava com umas intervenções jocosas em forma de monumentos, um "*monstrous cock* estilizado" (palavras dele), umas bundas femininas muito redondas em pedra-sabão, anjinhos de galalite abóbora no centro de uma fonte de epóxi preto em forma de vitória-régia. Com essas extravagâncias conseguia quebrar a frieza do conjunto, tornando sua versão de Flowerville um cenário de aguda, quase dolorosa, mas sempre excitante contemporaneidade.

É exatamente o que Victorino Peçanha quer para o bairro que criou. E é também doentio, decadente, um vomitório, na opinião de João Boaventura. Mas não foi para expressar suas idéias sobre arte e urbanismo que o contrataram.

Resumindo: Bruno versus Lidinha, eis a questão. Mas seria mesmo? O general sabe que o debate estético em curso em Flowerville é só a parte mais visível, a casca da conversa. Dando-lhe substância e sangue jazem as oportunidades de negócios embutidas em cada projeto, os dois lados comprometidos com seus empreiteiros, fornecedores de material, seguradoras, empresas de paisagismo e jardinagem, transporte, aluguel de equipamentos, segurança do trabalho, decoração, promoção, vendas, todo o aparato que movimentará a ciranda dos milhões prestes a trocar de mãos. Boaventura sabe que é só isso a mover o mundo, afinal – o mundo que sobrou do naufrágio. Dinheiro. Dinheiro. Dinheiro. Dinheiro.

E mais dinheiro: o lugar que Peçanha inventou, o paraíso dos novos-ricos, deu tão certo que atraiu um bom punhado de dinheiro velho também. Agora Flowerville se acredita melhor do que a Cidade Velha por qualquer critério que se empregue, e é difícil negar que seja. Tem colunas gregas de fibra de vidro e espelhos enferrujados com spray, mas é um lugar mais civilizado, tem mais bebês de bochechas rosadas escoltados por babás trajando uniformes limpos, mais praças com floreiras floridas e lixo na lata de lixo, paredes brancas e cachorros polidos varrendo seus próprios cocôs com pazinhas minúsculas. Digamos que um produtor de filmes publicitários precise de um cenário de rua para gravar um desses comerciais de seguro de vida em que um belo casal e seus filhos pequenos deslizam por um gramado fosforescente, a *Primavera* de Vivaldi ao fundo. Onde esse produtor vai filmar seu comercial talhado para vender felicidade plena, satisfação burguesa pinacular? Na Cidade Velha suja, centímetro por centímetro pichada, com seus assassinos se acotovelando nas esquinas, seus miseráveis sem dentes e cheios de perebas tomando banho nus em chafarizes depredados? Ou esse produtor vai fugir da Cidade Velha e apontar suas câmeras para o sonho real de Flowerville?

Sonho real, justamente. Sonho possível. O general reconhece que a proposta pós-urbana de Victorino Peçanha apresenta vantagens indiscutíveis sobre o colapso terminal da

Cidade Velha: limpeza, ordem, segurança. Nada disso é pouco. Boaventura procura pensar nesses méritos toda vez que seus velhos sonhos de sociedade ameaçam lhe envenenar o espírito contra uma instituição que é pago para defender, mas à qual falta tanta coisa... Como fechar a lista de tudo o que falta a Flowerville? Disciplina, modéstia, patriotismo, rigor, retidão, valores familiares, cultura. Boaventura hesita um segundo antes de acrescentar: Deus.

Sonho possível, então. Sonho real. E não menos reais, embora ainda fragmentárias, embaralhadas, são as ameaças que o general vê no horizonte. Chegou a surpreendê-lo a virulência do terremoto político que vinha sacudindo Flowerville em torno da disputa de sua nova aparência — neoclássica ou multicultural, para dar às facções os nomes que elas mesmas favorecem para si; fascistóide ou favelinha, se adotarmos os epítetos que os adversários atribuem uns aos outros. Aquilo abalou de tal forma o equilíbrio das oligarquias, com seus pactos familiares ancestrais, e a reacomodação de camadas daí resultante provocou tanto barulho, placas tectônicas se roçando sem vaselina, que a pauta das revistas de celebridades tem ondulado em sintonia com a convulsão da terra. Em sua eterna procura de peças para o quebra-cabeça, Boaventura adquiriu há alguns anos o hábito de ler com lupa essas publicações detestáveis, e por isso sabe que, em ritmo bem mais frenético que o habitual, os casamentos andam se desfazendo em Flowerville numa semana para os parceiros começarem a se comer revezadamente na semana seguinte, na terceira já falando em casamento, viagens, jóias, novas alianças a se cristalizar.

O exemplo mais recente: Penélope Winfred abriu sua casa e sua coleção de cristais Baccarat para as lentes da *Íntima* e declarou que Tuca Albuquerque continuaria tendo acesso livre aos três filhos do casal porque, ora, era o pai (embora houvesse uns boatos), mas no mais não passariam de excelentes amigos, era preciso saber a hora de mudar. Então Penélope, sorrindo em cada foto com seus dentes recapeados mais brancos que os lírios que lhe adocicavam os cômodos, dizia que um novo projeto de vida estava para começar, se havia alguém?, ora, a possibilidade era em si uma realidade, sobre a agenda do coração pouco ou nenhum controle temos. Dias depois, era vista na Cavalinhu's aos chupões com Checho Lucas, havia que reconhecer que formavam um casal de sonho, ambos bronzeados, musculatura definida, cabelos com reflexos. Isso no dia exato em que a *Célebres & Bonitos* chegava às bancas com a capa espetacular: Danielle Ambrosio, a atriz, ex-Checho, num beijo desentupidor-de-pia com Tuca Albuquerque na piscina da nova cobertura dele, foto meio granulada da teleobjetiva gigante que o fotógrafo fora obrigado a empregar para devassar o abatedouro de Tuca, e por isso mesmo mais sensacional. E as reacomodações de camadas nesse estilo, ecoando as de Penélope, Danielle, Tuca e Checho, se multiplicavam de uma hora para a outra por todo o tecido social de Flowerville, levando Boaventura a concluir que nas últimas semanas as revistas de celebridades, aos olhos de quem as soubesse ler, valiam pelos sangrentos anais da luta pelo poder que volta e meia convulsiona as mais coesas elites, embora, no caso, todos os guerreiros tivessem seus melhores sorrisos na cara.

4

Victorino Peçanha pede o almoço no escritório: um Pessanhah Special, isto é, hambúrguer de picanha de quase meio quilo ensanduichado por gordos nacos de *foie gras*, aipim frito com ketchup, rodelas de cebola à milanesa, duas batatas recheadas com gorgonzola e, como nem só de prazeres se vive, uma saladinha de alface crespa com queijo *cottage* para dar um toque saudável. Tudo vindo da boa cozinha do Jack & Drake, no térreo do Pessanhah Tower. Está comendo na sua poltrona SR, prato apoiado numa tábua estendida entre um braço e outro, quando Bruno Leonte liga. Atende no viva-voz.

— Acabei de acordar, vi o recado.

— Tremenda *hangover*? — Peçanha continua a mastigar enquanto fala.

— Nem me fale.

— Amnésia alcoólica?

— Bom...

— Você é um grande filhinho-da-puta, Bruno.

— Hã?

— Eu nem acredito que você me aprontou uma dessas agora. O plebiscito ali na esquina!

— Vamos com calma, Vic, eu ainda estou meio dormindo. O que houve?
— Ah, você não lembra? *How convenient*... O garçom ficou aleijado, seu...
— Ah, isso.
— Isso, é, é.
— Lembro médio, lembro meio borrado. Não é só um crioulo?
— Diz isso pro editor do *Povão*.
— Hein? O quê...?
— Um fotógrafo fez o serviço completo. *Heavy metal*.
— Deus do céu! Eu não lembro de fotógrafo nenhum...
— Exatamente, Bruno, merda do começo ao fim. No mínimo você tinha que ter tomado a câmera do cara.
— E agora, Vic?
— E agora, você pergunta, seu puto?
Peçanha tinha parado de comer.
— Não fala assim, querido, minha cabeça está estourando.
— Estourando, né? Isso me dá uma grande idéia. Mais uma pisada dessas e eu mando estourar a sua cabeça de verdade, você tá me entendendo?

Bruno Leonte começa a chorar de súbito. Num segundo, não há sinal de choro. No seguinte, debulha-se copiosamente.
— Vic, Vic, ele me ofendeu! Eu não posso levar desaforo pra casa de um garçom, muito menos um crioulo.
— Ofendeu, sei. *Let me see*, você deu uma patolada no negão, ele não gostou e aí...
— Eu explico, mas me deixa acordar — Bruno soluça. — Mais tarde eu passo aí.

Peçanha desliga bufando. Aquele imbecil de carteirinha é ninguém menos que o jovem para quem vem considerando deixar toda a sua herança de milionário sem filhos. Por cerca de meio segundo, passa perto de se arrepender da regra fixada bcm ccdo cm sua vida, a de jamais permitir — eternamente precavido contra as aproveitadoras — que suas mulheres engravidassem ou, tendo engravidado, que a gestação seguisse seu curso. Mas logo expulsa esse pensamento. A conversa com Bruno Leonte lhe tirou a fome. Chega a achar que a paranóia de Boaventura tem bons fundamentos, e passa por sua cabeça um futuro de pesadelo: a derrota humilhante no plebiscito como conseqüência direta da publicação das fotos da Cavalinhu's no *Povão*, jornal que é seu inimigo declarado. Só recupera o sangue-frio habitual quando a reunião com o diretor da firma terceirizada de abate de árvores é interrompida pela ligação do general. Está tudo certo com Gabriel Terracotta, ele diz.

— Miou feito um gatinho angorá no primeiro tranco. As fotos não existem mais.

Peçanha sente um alívio tão grande que, mal terminada a reunião, manda entrar a *blow job girl* da vez. Valesquinha largou o serviço na hora do almoço e foi rendida por Priscila, moça pernalta, de cabelos curtinhos e nariz arrebitado, pele de um branco meio encardido combinando com os dentes cinzentos de fumante voraz. Perto de completar 20 anos, Priscila já conheceu dias melhores, mas, talvez por saber que seu tempo no emprego está contado, dedica-se ao trabalho com empenho notável. Pena que um traço de desespero torne mecânicos e pouco eficazes seus esforços. Para não perder o pique, Peçanha tem de pensar em coisas excitantes como aquele que foi, Flowerville à parte, o maior golpe de gênio de sua vida: transformar o Farmacon na última esperança dos setores puros do Exército em guerra contra os liberais de farda que, àquela altura, iam tomando feito erva daninha os postos-chaves do regime.

O truque funciona: o cheiro ácido que enchia o porão vem lhe queimar novamente as narinas, gritos de uma dor inimaginável voltam a ferir seus ouvidos. Priscila geme feliz, julgando-se reponsável pela súbita dureza do patrão. Os fantasmas das dezenas de milhares de ereções do passado se juntam num coro alegre para dar concretude a mais uma, sempre mais uma – *always*. Victorino Peçanha sorri. De leve, agita-se no fundo de sua mente um pequeno incômodo com essa prova inconfundível de velhice: a necessidade de convocar a imaginação como coadjuvante de um trabalho hidráulico que para ele sempre foi mais natural que respirar. Como sabiam as cinco mulheres com quem se casou de papel passado e as outras, centenas, milhares, que tiveram a felicidade de conhecer a peçanhice pétrea do peçanhudo.

O fato de a memória excitante que escolheu ser de uma sessão de tortura não merece mais que dois segundos de perplexidade. Sadismo? Peçanha não é de perder tempo com auto-análise, coisa de *wanker*, pura masturbação mental. Examina o problema por alto e conclui que não, nada disso: o que lhe fala ao pau é saber-se um homem de recursos, alguém que tem sob a cabeleira hoje branca uma fonte inesgotável de idéias e que nunca, em hipótese alguma, se detém diante dos obstáculos entre elas e sua realização. Trinta anos atrás o Farmacon foi um desses saques. Agora, inscrever no coração das urnas a Fórmula da Sociedade Ideal é outro. E dessa vez ninguém vai se ferir.

Ou vai?

A necessidade de usar a imaginação não chega a perturbá-lo muito porque, sendo realista, é obrigado a reconhecer que está ficando velho mesmo. O general Boaventura tem medo dos inimigos porque acha que estou acabado, pensa, mas essa menina vai ver. Toma, Pri, *take it, you dirty little bitch! Jeeeeesus Christ!* E fecha os olhos para se despachar em jatos longos, lentos, doloridos.

Depois que a moça, tendo garantido seu bônus, deixa a sala, Peçanha fica um tempão largado em sua poltrona. Num estado quase comatoso, nada se mexe dentro ou fora dele. A única exceção é uma palavra que dá voltas em sua cabeça, como tem feito há tempos. Peçanha sempre foi do tipo que se apaixona – antigamente por mulheres, mas nos últimos anos, cada vez mais, por palavras. Desde que a ouviu pela primeira vez no discurso empolado de um panaca do RH, que definitivamente não a merecia, arrasta uma asa por "empreendedorismo". *Entrepreneurship*. Acha que o termo exprime sua maior virtude de forma completa, redonda, absoluta. Agora, é sempre a isso que o conduzem seus pensamentos enquanto as moçoilas se ajoelham diante do trabalho duro: essa auto-afirmação gigantesca, sólida, inamovível porque fundada em obras, torres, alamedas e jardins, plantada na própria reinvenção do conceito de cidade. Façanhas reconhecidas em todas as capas de revista que lhe davam os títulos de Homem do Ano, Homem da Década, Homem do Século, Homem do Milênio. Um empreendedor sem rival. *Entrepreneur*.

Peçanha se lembra do doutor Mirândola, da condenação inapelável cuspida pelo advogado que era o melhor amigo de seu pai: "Você leva tanto jeito de empresário quanto eu de jogador de pôquer. Vai quebrar a cara". Rogou a praga quando se recusou a assinar a promissória que faria do Bela Cintra a garantia superfaturada do empréstimo bancário destinado à construção do primeiro prédio de Flowerville. No fim das contas foi melhor: o empréstimo saiu do mesmo jeito, depois que seus amigos militares se mexeram, e ele se livrou de uma mala.

Ou quase. Para descartar Mirândola de vez, levaria algum tempo ainda: o velho continuou tendo metade do Bela Cintra. Só que em poucos anos o posto de gasolina representava na carteira de negócios de Victorino Peçanha menos que uma migalha, menos que um cisco: representava um nada, e assim Mirândola ficou dono de metade de nada até que, duas décadas depois, concordou em trocar essa metade por um nada inteiro. Foi quando se tornou proprietário de um belo lote em Nova Esplanada, o único fiasco da carreira de Peçanha. *Entrepreneurs* têm o direito de falhar também.

Consulta o relógio de pulso: três e meia da tarde. Sabe que neste momento um punhado de funcionários graduados da Flowerville Enterprises faz fila na sala de espera, olhando a cada minuto para seus próprios relógios, como ele acaba de fazer, e deles para uma arrogante e gelada Ieda: diretor financeiro, contadores, advogados, gerente de publicidade. Todos à espera da palavra do Homem do Milênio para só então, devidamente iluminados, prosseguirem com sua tarde.

Que esperem um pouco mais. Peçanha se acomoda de lado em sua poltrona Sérgio Rodrigues, como às vezes gosta de fazer, as costas apoiadas num dos braços e os joelhos dobrados sobre o outro. Parece – e nesse momento se sente mesmo – um adolescente. Acende um cigarro e ri alto, pensando no péssimo negócio feito pela besta do Mirândola. Quem quebrou a cara, afinal? Um dos assuntos que seus advogados vão lhe jogar na mesa daqui a pouco é a atual situação do processo que lhe movem os proprietários de Nova Esplanada — Mirândola à frente, o tal de Neumani atrás — pelo não-cumprimento das cláusulas contratuais de urbanização do lugar. Nem um pouco preocupante. A briga se arrasta nos tribunais há anos, e muitos mais ainda tomará. Bem mais do que seu ex-sócio tem de vida, isso é certo.

Se Peçanha fosse supersticioso, seria difícil não acreditar que o fracasso de Nova Esplanada estava relacionado de alguma forma ao local onde o projeto foi erguido: o mesmo em que vapores subiam, gritos queimavam, o mesmo em que o Farmacon cumpriu sua missão tenebrosa antes de arder até o último tubo de ensaio no incêndio que ele próprio provocou, quando ficou claro que a praga dos liberais de farda tinha tomado o país e sua turma já não poderia protegê-lo. Foi um incêndio cinematográfico que brilhou na primeira página de todos os jornais e tudo destruiu, tudo apagou, purificou, zerou, além de lhe render da seguradora uma soma suficiente para financiar a campanha de lançamento de Nova Esplanada e deixar gordas sobras.

Um homem de recursos. Uma fonte inesgotável de idéias. *Entrepreneur*. Victorino Peçanha se endireita na poltrona e manda entrar o primeiro da fila.

As sombras das torres de Flowerville se espicham no chão e o céu vai começando a virar uma imensidão vermelha sobre o Maracanã dos Ferros-Velhos quando Ieda anuncia pelo viva-voz que Bruno Leonte chegou. Peçanha decide recebê-lo dentro de meia hora, só pelo valor pedagógico do chá-de-cadeira, e fecha os olhos para cochilar.

Acorda sobressaltado, com uma sensação de queda. A poltrona está molhada de suor. Manda a secretária para casa, é noite fechada.

Bruno entra com uma camisa de seda azul e olhos de cachorro escorraçado, as longas madeixas louras com sinais de escova recente. Caminha até a poltrona onde Victorino Peçanha, de queixo em pé, cabelos revoltos como uma nuvem arrepiada pelo vento, o espera com olhar duro.

– O que posso fazer para você me perdoar, Vic?

– O de sempre é um começo.

Sorrindo, o jovem arquiteto se põe de joelhos.

5

Composição do solo de Nova Esplanada: caquinhos de tijolo e vidro e telha formando uma areia cascalhuda e suja, farofa crivada de pedras, pedrinhas, pedrouços, pedregulhos, papéis de bala e argolas de latinha de cerveja, moedas de níquel vagabundo que falam de ordens monetárias extintas e solas de sapato carcomidas grudadas em presilhas de sutiã que são pura ferrugem e êmbolos de seringa com estrias de sangue seco. E ainda ossos, ossinhos, fragmentos de cartilagem, todos os formatos e tamanhos, tudo mal reconhecível como se estivesse moído ou não passasse de um ajuntamento de trecos, troços, trastes, breguetes, porrinhas que um dia fizeram sentido como parte de coisas inteiras mas agora são tão inúteis quanto o ar depois que o expelimos dos pulmões. Inúteis? Inúteis, a não ser, talvez, para o olhar capaz de identificar naquele minúsculo disco de plástico marfim a engrenagem de um carrinho de bombeiro que tinha uma sirene aflitiva e pertencia a um menino doente e triste chamado Altair. Sabe-se que não existe tal olhar de anjo, mas apenas ele poderia redimir Nova Esplanada e seu solo de farofa.

Neumani não vê sinal de anjo em lugar nenhum. Dirige seu carrinho velhote de farol aceso no lusco-fusco, com um olho nos buracos que tomam o asfalto feito cáries terminais e o outro nas formas de vida que vagam por ali. Nova Esplanada é um lençol de terra ruim a se estender por quadras e quadras de nada, ou quase nada: mato seco, ratazanas, lixo de entremeio. Na guarita que deveria ser a da segurança, se não estivesse abandonada desde sempre, os sem-nada começam a se agrupar para a noite. O macho alfa está em pé na porta, fumando. Ao seu lado, uma adolescente de pernas finas que Neumani acredita ser filha dele pisca para os últimos vermelhos de sol atrás das montanhas. O trapo que lhe serve de vestido é mais curto na frente.

Passando por eles a sessenta por hora, Neumani se toca de duas coisas: a neguinha está grávida, grávida de muito, e o macho alfa parece o Danny Glover. Em seguida lhe ocorre uma terceira observação – que a menina espera do pai – e a idéia é tão maluca e ao mesmo tempo tão óbvia que sente o coração acelerar. Mas reconhece que não passa de uma conjectura, proposição carente de consistência matemática.

Aciona o controle remoto a uma distância suficiente para que não precise se deter diante do portão um segundo sequer. Entra em casa de uma vez e o portão faz o que está programado para fazer: fecha correndo. Na garagem, confere num pequeno painel se as cercas eletrificadas estão funcionando.

Estão.

Subir os cinco degraus de cerâmica vermelha que o separam da porta. Lá em cima, deter-se enquanto procura a chave no bolso da calça, a noitinha um coro de grilos e sapos esporrentos, cacofonia que um dia ele achou bucólica mas agora é só sinistra, como uma canção de apaches ululantes tensionando devagar o cerco à caravana de pioneiros – pressa para quê? Diante da porta fechada, chave na mão, Neumani descobre que já é noite. As luzes estão acesas nas torres avarandadas de Flowerville, aquele paliteiro expressionista. Abre a porta e também ela range, range desde quando? Desde que Nova Esplanada foi concebida e, no mesmo instante, começou a apodrecer?

Então, como faz todas as noites ao entrar em casa, emite dois trechos curtos repetidos, trecho longo uma oitava acima e, já no limite do fôlego, mais um longo descendo à terça. O assobio de sempre, com precisão matemática.

Segundo o diagnóstico oficial, Nora tem o que chamam de síndrome do pânico: uma fobia, só. Ele suspeita de muito mais. Nunca imaginou que ela vibraria com as notícias que tem para contar, mas acreditava que estivesse pelo menos vagamente interessada – mesmo que fosse o interesse clínico da escritora – em sua aventura no covil do homem mais poderoso da cidade. Que nada: estendida no sofá da sala com a calça de ginástica manchada de água sanitária e a camiseta enorme que nos últimos meses eram seu traje permanente, sua mulher oferece a bochecha para o beijo sem tirar os olhos do livro.

– Como foi seu dia?
– Tudo bem.
– Vou trabalhar pro Peçanha. Ele quer adulterar umas urnas em Flowerville ou coisa parecida.
– Arrã.

É só o que ela diz. Não pára um segundo sequer de ler Florbela Espanca.

— Nora — ele insiste —, é a nossa chance de sair deste lugar.

Isso parece despertar finalmente o interesse de sua mulher. Ela ergue os olhos.

— Sair de Novês?

— Eu acho que pode dar. Não quero ser otimista demais, mas...

— Sair pra quê? Pra onde?

— Hein?!

Neumani se deixa cair numa poltrona. Desaba como um saco de areia, mas não consegue igualar a velocidade da queda de seu próprio queixo.

— Nem brinca, amor.

— Eu adoro isso aqui.

— Mas desde quando, meu Deus? Outro dia você concordou comigo que Nova Esplanada foi a nossa ruína, e a de Teodoro...

— Eu concordei, Neumani? Não importa o que eu concordei, o que eu estou concordando agora é o seguinte: pode ir ganhar dinheiro com o Peçonha, tudo bem, mas mudar de Novês é outra conversa.

— Você não sabe o que diz.

— No jantar a gente continua.

E vai se trancar no banheiro.

Muito mais do que uma sindromezinha do pânico, é evidente. Mas o quê? Neumani liga a televisão: na novela, o jovem casal se desentende aos berros. Até quando será possível manter Nora sozinha em casa, sem acompanhamento profissional? O risco lhe parece cada dia maior, mas não há dinheiro. Também nisso Peçanha pode salvá-los, e agora, diante da TV, a excitação de seu dia atípico refluindo, Neumani começa a desconfiar que o resgate esteja chegando tarde demais para Nora, depois que só restam cinzas de suas últimas pontes com a realidade.

Ontem, quando veio com o telefone móvel na mão e disse que a secretária do Peçonha – ela fazia questão da gracinha – queria falar com ele, sua mulher tinha uma expressão estranhamente apagada. Como se receber uma ligação do dono de Flowerville fosse acontecimento corriqueiro naquela casa. Neumani achou que era trote, mas aí o próprio Peçonha entrou na linha e não podia haver dúvida de que era o Peçonha mesmo, com aquela voz rascante que ele conhecia dos telejornais e programas de entrevista. Amanhã às dez, podia? Podia. Se o homem lhe perguntasse se podia ir a seu escritório no Pessanhah Tower naquele minuto mesmo, metido num escafandro e levando uma caixa de bichos-da-seda, a resposta não teria sido diferente: podia, podia. Qualquer que fosse a tarefa da gincana, podia.

Ao desligar, em estado de choque, disse a Nora:

– O Peçonha quer me dar um emprego.

E ela não tirou os olhos de Sylvia Plath.

Depois do jornal na TV, Neumani transfere do frízer para o microondas uma lasanha sintética. Dali para o estômago, cada um de seu lado da mesa da cozinha, como se a desolação de sua vida conjugal não merecesse o cenário mais arrumadinho da sala de jantar. Neumani hesita em voltar ao assunto do encontro com Peçanha e diz:

– Sabe aquela neguinha que está grávida, a que parece filha do chefe da guarita?

Nota que as mãos de Nora se crispam nos talheres.

– O que tem ela?

— Acho que o pai é o pai.
— O quê?
— Acho que ela está grávida do próprio pai.
— Mas que idéia doente é essa?
— Acontece, Nora. Principalmente nas classes populares — ele fala com a boca cheia de lasanha.
— Mas isso é um preconceito de classe grosseiro!
— Pobre se reproduz demais.
— Rá, pobres! Pobres nós também somos, como você chama isso que nós somos, Neumani?
— Você não sabe o que é ser pobre.
— O Sebastião e a filha, eu não estou acreditando... Hmmpfff!

A dúvida mal desponta na cabeça de Neumani e logo se esconde outra vez. Como Nora sabe o nome do macho alfa? Aí percebe que sua mulher, de tanta raiva, já não consegue articular as palavras, o que faz soar o alarme: um ataque a caminho?

Mas Nora o surpreende. Após algum tempo em silêncio, remexendo a lasanha no prato, recupera a voz e demonstra estar razoavelmente lúcida quando diz:

— E já que você me perguntou — embora não, ele não tenha perguntado –, o Peçonha quer te envolver num crime.
— O Peçanha quer reinventar a democracia, Nora.

Ela faz uma careta.

— O nome é Peçonha. E desde quando fraudar eleição é reinventar a democracia?
— A idéia não é fraudar, ele não precisa fraudar. Pra que fraudar um plebiscito besta sobre um projeto paisagístico de condomínio? Tem um plano maior aí, o velho é muito louco. Não foi à toa que ele construiu aquilo tudo do nada.

— Do nada, não. Todo mundo sabe que o cara herdou um posto de gasolina.

— Posto de gasolina é nada, Nora. Olha o que ele conseguiu, pensa bem. Há quanto tempo você não põe os pés em Flowerville?

Mal acabou de falar, se arrepende da pergunta. Sabe que sua mulher não pisa em Flowerville desde quando procuravam uma casa para comprar, três anos atrás. Ela queria um dos apartamentos com varandão do bairro pós-urbano, ele foi contra. Com algum esforço e estômago para digerir um contrato de financiamento aflitivo — do tipo que quanto mais se paga, mais se deve —, provavelmente teria como comprar um pedacinho de Flowerville, se fosse um dos pedaços mais baratos e a perder de vista. Estava no auge de seu sucesso como "matemático" de plantão na TV, na verdade um estatístico encarregado de calcular as probabilidades de certos times caírem para a segunda divisão, prever o resultado dos jogos da loteria esportiva, entre outras tarefas igualmente fascinantes que os meios de comunicação de massa propiciam. No fim, foi apenas Neumani quem fez a balança pender para o lado de Nova Esplanada, jogando no prato o peso de seus sonhos de quintal, casa na árvore para Teodoro, horta básica e um grande número de manias de fã dos Waltons — boa-noite, John Boy, boa-noite, Mary Ellen. Desandou a falar da piscina de lona encerada que construiria com suas próprias mãos, inventou um viveiro de periquitos ao lado da cabana do Tarzan, e se o terreno que foram visitar com o corretor não tinha árvore, essa era a parte fácil, plantava-se uma e pronto. Neumani imaginava uma enorme, quem sabe uma mangueira como a que sombreava a beira da estrada junto ao ponto de ônibus, recebendo de braços abertos os visitantes de Nova Esplanada – a única árvore do lugar.

Nora resistiu no começo, mas aquela conversa de Teodoro correndo solto pelo quintal atrás de sapo, lesma, beija-flor, todo o arcadismo extemporâneo de Neumani deu resultado: logo embarcava na viagem do marido. Ainda não estava grávida, não por falta de tentativas, naquele tempo renovadas diariamente. E não, não sonhava com Teodoro e sim com Cecília. Quanto à casa em Nova Esplanada, porém, deu para dizer que queria um jardim com caramanchão e fonte, talvez um anão irônico, espreguiçadeira num canto para se recolher com seus livros e sumir...

Ainda não sabiam que na terra de Nova Esplanada, em se plantando, nada tinha como dar – nada. Ponta de aterro, nem propriamente terra aquilo seria, só um amontoado de entulho onde nada, nunca, tinha como dar. Em comunhão de bens, Neumani e Nora empataram suas economias em mil metros quadrados de nada. Delegaram a construção a um empreiteiro rápido e honesto que, pouco mais de um ano depois, lhes entregou uma casa boa, branca, sem frescuras. Nora estava no terceiro mês de gravidez quando se mudaram para a Rua Alvorada, 70. Empurrou móveis, trabalhou bastante. Teria sido o efeito retardado do esforço da mudança, do carregar de malas? Ou o desgosto de descobrir que naquele solo não dava nem cebolinha, boldo, manjericão, nem sequer a grama, maria-sem-vergonha, nada? Podia ser uma coisa como podia ser outra, ou ainda uma mistura das duas. Quando pensa nisso, Neumani quase sempre se inclina pela segunda alternativa: a causa de tudo só pode ter sido o baixo-astral de ver que Nova Esplanada jamais seria Nova, nem Esplanada, nem nada.

Nora perdeu Teodoro no sétimo mês de uma gravidez supertranqüila.

Ele lava a louça. Ela deixou disso há mais de um ano, na mesma época em que decidiu que o sexo viraria coisa do passado e, coerente com tal resolução, adotou como uniforme a calça de ginástica, a camiseta amorfa, os cabelos presos num coque frouxo. Nora liga a televisão num seriado americano. Em seguida, ele sabe, virão o incenso, o fuminho. Na cozinha, Neumani bota uma cachaça, vira, bota outra. Sente uma onda de lava a lhe subir pelo peito: não existe veneno pior que esse para a queimação que o tortura. Mastiga dois comprimidos, mas despeja uma terceira dose e com ela se interna no escritório, onde alcança um livro sobre formas modulares tomado de súbita inspiração. Se a conjetura de Tanyama-Shimura estiver certa, como intui que está, e a cada teorema corresponder uma forma modular, então, porra, quem sabe a felicidade é possível.

Não lhe escapa o absurdo da situação, mas também não se deixa soterrar por ele: um morador da periferia da periferia, estatístico desempregado, um merda de um guarda-livros, achar que tem chances de derrotar Fermat e obter o mais improvável dos sucessos na tarefa que há trezentos e tantos anos resiste às maiores cabeças do mundo. E o que importa isso se a euforia que o domina esta noite, enquanto Nora cabeceia e adormece no meio de algum filme, o leva a sentir de novo o arrepio que experimentou na infância ao contemplar pela primeira vez o maior de todos os problemas com números? O primeiro. O único. O Último Teorema de Fermat. Situado tão vertiginosamente fora do alcance de um matemático vocacionado mas relapso que, alcançado, a glória que proporcionasse seria infinita.

A Fórmula da Sociedade Ideal pode esperar na fila: Neumani ri de se dobrar ao meio, sozinho na noite vazia, apenas sua janela acesa no borrão de Nova Esplanada.

6

Deitada no sofá, Nora sente um arrepio. Shit. Double shit. Double shit salada com bacon. X-Egg double shit salada com bacon e fritas. A pia da cozinha pinga. Corujas piam, provavelmente imaginárias. O mundo se descola um pouco, Anna Akhmatova numa tradução inglesa tremelica entre seus dedos flébeis. Gosta de flébeis – a palavra. De hoje não passa. Hoje vai contar a Neumani o que aquele assobio está fazendo com seus nervos.

Com seus nervos flébeis.

Fecha o livro marcando a página com o indicador. Coração lento, quase parando. Deus, pensa, embora não creia. O que é parte do problema. Abre o livro outra vez, com pressa agora, porque ouviu passos. Neumani lhe dá um beijo na bochecha, como foi seu dia, Nora responde que foi médio e não é mentira. Faz cara de absorta na leitura e torce para o marido estar numa das suas noites típicas de Neumani, estudioso e distante. Não fala do assobio – melhor deixar quieto.

No jantar, porém, ele diz:

– Sabe aquela barrigudinha da guarita, a filha do líder, que está grávida?

Nora se retesa. Seu marido nunca fala de Sebastião, da gente de Sebastião. Sempre se portou em relação ao povo da guarita como se eles não existissem, ou só existissem como paisagem — reais, mas menos reais do que a mangueira perto do ponto de ônibus, por exemplo. A realidade era o medo que eles instalavam, a cerca eletrificada, o silêncio das noites longas, não eles próprios.

Sabia o nome de Sebastião porque logo no primeiro dia ele se apresentou, seu criado. Tinham acabado de chegar com a mudança, e Neumani a abandonou cheia de malas ao pé da escada. Deixou o portão aberto e saiu correndo casa adentro, ainda não era o tempo do medo. Neumani em seu melhor estilo: Nora ficou ali, não queria deixar as malas sem ninguém para tomar conta porque no táxi, chegando, tinha visto uns mendigos, uns vagabundos...

— Sebastião, seu criado.

Levou um susto. Não notara a aproximação do homem, um negro de meia-idade, alto e forte. Perfeitamente capaz de inspirar medo, mas parecia-lhe que não ali. Não agora. Não a ela? Nora olhou nos olhos de Sebastião e gostou do que viu. Acreditava no que dizem os olhos.

Naquilo que, profundamente, dizem os olhos.

— Se precisar de ajuda com as malas... — disse o homem.

— Não, obrigada.

— É pesado pra senhora.

— Meu marido vê isso, obrigada.

Sebastião riu.

— Vê, é?

— Obrigada mesmo.

— Posso saber sua graça, madame?

Ela sentiu o coração dar um pulo. O medo, enfim? A cena: ela conversando com um morador de rua, um mendigo, e lhe dizendo:

— Nora.

Ele fez uma mesura exagerada, piscou um olho e saiu rindo, desceu com uma ginga lá dele a Rua Alvorada, novo endereço de Neumani e Nora. Logo dobrava à direita na Avenida Plano Piloto para seguir em direção à Praça do Lago, área que deveria abrigar o centro comercial de Nova Esplanada mas, charco calcinado, nunca abrigou coisa alguma.

Quando Sebastião tinha sumido de vista, Neumani reapareceu.

— Acho que tem um vazamento no banheiro da suíte — disse.

Nunca mais pararam de trocar olhares, Nora e Sebastião.

O dia de Nora tinha sido razoável, mas na média. De manhã a enxaqueca inacreditável, mortífera. De tarde, cabeça milagrosamente leve, conseguiu trabalhar à beça. Em seu caderno grande de capa dura, com caligrafia de menina, escreveu:

O menino. A voracidade do menino. No começo era uma fome com foco em seu peito, que ele sugava como se quisesse esvaziá-la de toda a substância. Depois, engatinhando, dando os primeiros passos — o mundo. Como se a perna da cadeira, o braço da poltrona ou a base do abajur pudessem ter alguma semelhança com os mamilos da mãe, Nora se distraía um segundo e lá estava o menino abocanhando, maluco, mogno, linhão, gesso. E Nora se distraía, se distraía muito. Depois do parto, mais ainda. A gula do menino, sua curiosidade por sabor e textura de todas as coisas contrastavam com o sentimento que cada vez mais a dominava, um torpor abafado, como se a vida se movesse em câmera lenta dentro de uma piscina de gel. Um gel frio e turvo. Indiferença, tédio – tédio mortal. Às vezes, quando o menino se cansava das explorações pelo universo infinito da sala, seus olhões vinham procurar os de Nora, mas ela tinha a sensação de ser para o filho só um pé de mesa, um braço de poltrona, globos oculares a serem chupados feito jabuticabas, até estourar. Os olhos do menino batiam nos dela e voltavam. Havia uma blindagem, um muro; impossível sugar aquilo. Teodoro desmamou cedo.

O sono. O sono de Nora. A qualquer hora do dia, mas principalmente nas primeiras horas da tarde, quando o menino dormia no sofá, a cabeça dela começava a ficar pesada, os olhos embaçados, e os pensamentos iam se enovelando na direção do sonho, à deriva; as idéias ganhando vida própria. Os cascos batiam com um estalido metálico no chão ressecado em torno da casa, clic, clac, clic, clac. Ora aqui, ora lá na frente. Entre silêncios. Circundando, cercando. Era assim, sempre: no começo os cascos pareciam representar o socorro que chegava, e ainda agarrada a um fio de consciência Nora via Teodoro ressonando ali perto, a tela da TV desligada agindo como um espelho incompetente, deformador, e suspirava de alívio. Mas os cascos continuavam a soar contra o piso de terra dura, e então acontecia invariavelmente de, algumas voltas depois, já não serem socorro nenhum, serem o próprio perigo, a desagregação lenta e dolorosa de todo o sentido, provocando em Nora um pavor tão enorme que ameaçava sufocá-la. Aí, no momento em que a dor chegava ao ponto mais agudo, a goela do sono sempre acabava de se abrir para engoli-la, viscosa e preta feito asfalto derretido, e igualmente fedorenta, mas abençoada porque ali morava a inconsciência.

Nora adorava esquecer que tudo o que restara de Teodoro eram fiapos de uma ficção besta, fragmentada e tão desprovida de sentido que estava além do nonsense. Como a vida.

Nora escreveu também em seu caderno:

Se os objetos soltos que me cercam voassem de repente sobre minha cabeça em alta velocidade, todos ao mesmo tempo, eu morreria esmagada por esse súbito acesso de atenção do mundo em mim.

Absurdo? Pois a possibilidade de tal evento me esmaga. Sinto que o mereço, com um merecimento meticuloso, mais ainda, que o quero. Mesmo o querer diz pouco – anseio por ter o crânio esmagado por esses livros, jarros, cadeiras, abajur.

Mas será mesmo assim? Às vezes parece que não, que é só um coração batendo acelerado e nada mais, um coração que se assusta por qualquer motivo, por uma nuvem em forma de chapéu, um pensamento banal como: vai chover. Sim, um aflito coração de coelho num peito de gente, todo o ser concentrado ali, reduzido àquilo: um órgão destrambelhado.

Mas que coelho é esse, meu Deus? De onde terá vindo esse bicho? Eu nunca tive um coelho, não, nada de coelho. É na alma, um frio polar, e de que me serviria ficar imaginando aqui uma alma de coelho? Esta não é uma história de criança, longe disso. Está claro que a síndrome é de gente grande, um vento gelado que voa sobre os campos abertos da morte e, ao chegar ao ser, enlouquece em mil redemoinhos de poeira, guimbas, cartas de amor de antigamente.

Monstro, digo na frente do espelho. A constatação cristalina de algo há muito pressentido. Medo. Palpitações. Euforia – uma estranha espécie de euforia.

Monstro! Ah!

E agora?

Da janela da sala, fim de tarde, Nova Esplanada parece a Nora um feto desovado pelo servente da clínica de aborto no lixão do mundo. No lixão transbordante do mundo. Calhou de um dos braços do ex-futuro bebê, aquele que um dia abrigaria um modesto mas funcional comércio de bairro, farmácia, padaria, videolocadora, aconteceu de teimar ele em se estender sem nada disso, se mandar mesmo assim e acabar dando, meio quilômetro à frente, em barraco de borracheiro, birosca do Zarolho, os satélites mambembes do Moreirão, o Maracanã dos Ferros-Velhos. Era a *highstreet* que mereciam. Apontava para o sul, fugindo da sombra recortada no chão pelos espigões lilases contra o céu de lata – Flowerville.

Apontava para o sul e dava de cara com aquilo: desfiladeiros de carros de todas as marcas e idades, Simca, Gordini, TL, Vemaguete, Romiseta, Dodge Charger, Maverick, Corcel, Opala, Impala, Karmann Ghia, Fuscão, Fusquinha, Dauphine, Rural, Jeep, Monza, Del Rey, Kombi, Bug – estavam todos lá. Muitos quase irreconhecíveis, aos pedaços, misturados, o volante de um no painel do outro, bancos arrancados em frangalhos, portas salpicadas pelo chão. Havia acidentes geográficos feitos só de calotas, cordilheiras de carcaças, cânions de furgões, vales forrados de radiadores e cárteres.

Nora gosta do Moreirão. Às vezes, como hoje, julga sentir que o ferro-velho pulsa um pulso surdo e lento, vindo do âmago de suas toneladas de metal. Pendurando calcinhas na corda, de repente é ofuscada pelos reflexos do sol nos seus cromados. É então que dá com ele sentado no muro, usando um dos arames da cerca eletrificada como fio dental. O coração leva um grande estabaco, sai rolando pelo chão. A imaginação dela tem uma realidade impressionante.

O desejo, a concupiscência, a sacanagem, ao som dos insetos que zumbem no calor da tarde. Lust, dizem na televisão os anúncios do perfume Passion de Flowerville, com seu suor de glicerina, sua respiração ofegante sobre o instrumental romântico. Mas Flowerville não faz idéia do cheiro da luxúria de Nova Esplanada, não poderia começar a imaginar os parágrafos de prosa ardente que Sebastião inspira a Nora, que escreve sobre o ato de escrever, claro – sobre o que mais escreveria? Escrever usando palavras no campo semântico de ébano, escultura, esporão, espada épica. Ah, então é decadentismo? E o que se podia esperar de Nova Esplanada? Gozar no final, cada conto uma foda, não seria o bastante? Sebastião, Sebastião. Nora batizou assim o livro que acredita que aquilo um dia será: *Phodas com Sebastião*. E escreveu ainda:

Sempre achei o passado o mais antipático dos tempos. O mais trágico, o mais parecido com o Cronos grego original. Inapelável, auto-suficiente e cada vez mais fora de foco, mais inventado, o passado é de um narcisismo só comparável a sua estupidez. Entupido de fotos e obsessões em que é ele mesmo, fodão, o centro de tudo, no fundo é ininteligível, um tempo a um só tempo fútil e cruel. Só sabe de si, nada sabe de nós, o que nos tira qualquer chance de redenção.

Pensando nisso, mais uma vez, como sempre, estremeço. Ajeito a gola do blusão. Faz um frio que é um deus de vapor e nele minh'alma enfermiça projeta as feições do próprio gelo primordial, um turbilhão vaporoso e veloz. Depois que superamos os espetáculos de bestialismo na sala de estar e genocídio no gazebo, nossos sobretudos são sacudidos pelo vento que vem de longe e faz balançar as teias nos ângulos de alvenaria tosca. Paira no ar um cheiro de mijo, mamona, fósforo riscado, a máscara por enquanto apenas intuída. No espelho d'água o barqueiro arqueia o remo, nosso ouvido antecipa o chapinhar, e

Fiapos de ficção. Como aquela estranha aventura de juventude que Sebastião lhe segredou.

Adelina começa a sentir contrações no meio da tarde do feriado de Sete de Setembro. Quando chega a noitinha e as dores estão vindo de dois em dois minutos, Sebastião corre com o vigor de seus 20 anos até a casa da parteira, bate palmas. Grita, se desespera, e nada. Uma vizinha aparece na janela com creme cor de abacate na cara e diz que a parteira foi passar o feriado com a filha que mora em outra cidade, só volta no dia seguinte. Sebastião responde, com vontade de chorar, que no dia seguinte é tarde. A mulher faz cara de foda-se e bate a janela.

É nessa hora que decide, o plano surgindo inteiro de uma vez, levar Adelina ao hospital. Se o trânsito ajudar, podem chegar lá em meia hora. A poucos passos da casa da parteira vê o Opala de quatro portas estacionado.

Quase entra com o Opala barraco adentro: freia no último instante, levantando poeira na rua de terra. Adelina está deitada na cama, olhos de louca, empapada de suor. Sebastião pega aquilo tudo no colo – a barriga de Adelina, o suor de Adelina, a respiração de Adelina, além da própria Adelina – e corre até o Opala. Ela geme no banco de trás. Ele arrasta uma nuvem de pó favela abaixo, vai escurecendo depressa, no meio do caminho acha que atropelou um cachorro, parece o Marechal, o velho vira-lata do Zoinho, seu amigo de infância, que pena, e daí.

Vai dar certo.

Não, não vai dar certo.

No asfalto, lembra-se de conferir o mostrador de combustível – na reserva. No chão da reserva. Vão ficar na estrada a qualquer momento. Adelina berra mais alto.

Não é justo, pensa Sebastião.

– Puta que o pariu! – grita. – Tá de sacanagem, maluco!

Adelina zurra, arfa, bale, zune.

– Vai tomar no cu, filho-da-puta!

Está rindo, Sebastião. Insulta Deus e ri, histérico. Que grande filho-da-puta. Pisa mais fundo no acelerador, não porque acredite na possibilidade de vitória contra o Escroto Supremo, mas para apressar a derrota, acabar logo com isso. O que seria, então? Um parto na estrada, noite escura já, só os faróis para jogar sua luz dura sobre a natividade, aquela sangueira toda?

Que fosse. Que ganhasse o puto, o Sacana-Mor, e a ele, Sebastião, só restasse o insulto, mas – o que era aquilo? Uma miragem?

Sente tudo desanuviar e pensa: obrigado, Sacana. Surpreso, também, pois não tinha a mais vaga lembrança daquele estabelecimento comercial que agora via se aproximar, passando o Ferro-Velho Moreirinha: o Auto-Posto Bela Cintra.

Um grandalhão cabeludo estava parado junto à bomba, de camisa social desabotoada até a barriga. Seu peito era forrado por um carpete negro em que um cordão de ouro se destacava como jóia em estojo de veludo. Não tinha cara de frentista.

— Completa, emergência!

Adelina gemia feito uma ambulância. O cara nem se mexeu.

— Não tá vendo? Minha mulher tá tendo um filho!

O sujeito deu um passo à frente e espiou pelo vidro do Opala com seu narigão esburacado. Viu Adelina, viu os olhos dela. Não tinha como não ter visto. Depois deu um passo atrás outra vez e disse:

— Eu quero ver o dinheiro.

Puta azar, Sebastião não estava acreditando. O cara era estranho, parecia cana.

— Tá, então não completa. Mas faz o favor de botar uma gasolina, é uma emergência, eu pago, o meu filho tá nascendo...

— O dinheiro. Mostra o dinheiro que eu boto a gasolina.

— Caralho, bota dez merréis, você acha que eu não tenho dez merréis? O meu filho...

— Eu não acho, não, eu sei! Eu sei que tu não tem nem dois merréis, que dirá dez, seu ladrão safado! — o cara falou grosso e rouco e tirou da cintura um trinta-e-oito, que apontou para Sebastião. — Seu filho não me interessa porque filho de ladrão safado vai ser ladrão safado também. Ou mostra o dinheiro ou some da minha frente, seu macaco de merda.

Sebastião tentou se lembrar se já vira o sujeito, se tinha feito mal a ele alguma vez na vida, fosse por querer, sem querer, qualquer coisa. Mas não conseguiu achar na memória nada que se relacionasse com aquele rosto de nariz escroto, expressão retorcida agora numa careta de nojo e prazer enquanto chutava a sua cara, a sua barriga, e depois, puxando Adelina do carro, a barriga dela também, repetidas vezes, pondo toda a força que tinha em cada pontapé e morrendo de rir.

Isso foi há trinta anos.

Decide enquanto vê televisão: em vez de trancar o caderno à chave, como sempre, que tal largá-lo onde Neumani o encontre, em cima do sofá, como agora? Deixar que a curiosidade dele, ou sua inexistência, ajude a decidir o futuro. Dar a Neumani a chance de participar de alguma forma daquele jogo.

Daquele jogo que a fulmina.

Ouve, vindas do escritório, as gargalhadas insanas do marido.

Antes de ir para a cama, liga para o doutor Mirândola em busca de instruções, mas não fala daquilo que seu corpo inteiro lhe diz ser mais do que uma simples suspeita. Não ainda, não ainda. É cedo, é cedo, repete baixinho, embalando-se nesse mantra até dormir.

7

De cabeça para baixo Flowerville fica diferente, pensou Gabriel, antes de começar a vomitar. Aí não viu mais nada até que o fortão de preto que o segurava pelas pernas o trouxe de volta à cabine do helicóptero. Deram-lhe água, passaram uma toalha em seu rosto. Eram, no aparelho, três homens de terno preto e óculos escuros, além do piloto, que vestia uma lacoste cinza, e ele, Gabriel, de camiseta dos Strokes. O chefe disse:

– Toca pro mar.

Pro mar? Se apavorou, tinha visto sua cota de filmes.

– Vamos dar mais um passeio?

De cabeça para baixo outra vez, agora já não tinha o que pôr para fora. Flowerville, do lado certo ou invertida como numa câmara escura, também sumiu. Obturador e ânus fechadinhos, preto por todo lado, céu e terra, preta a roupa do homem que o segurava pelos pés contra o vento da madrugada, preta a zoeira das hélices, tudo tão perfeitamente preto que Gabriel Terracotta sente de repente uma espécie muito aguda de paz, uma serenidade suprema, e pensa: ah, meu sonho sempre foi ter um helicóptero só pra mim, meter de todos os ângulos a teleobjetiva nos putos, entrar pelas varandas e terraços de Flower, onde garanhões cascudos defloram a próxima geração de vagabundinhas adolescentes entre baseados, lança-perfumes, cálices de absinto, e agora, ah, o sonho tão próximo, só esticar a mão, esticar a mão, esticar...

O bem-estar que toma conta de Gabriel é cortado de repente por um pensamento perturbador: está calçando tênis sem cadarços, amarrados com barbante. Puro charme largadão, mas agora um duplex o segura pelos pés, e os tênis começam a escorregar. Gabriel tenta cuspir as palavras para dentro da zona de esporro instaurada pelo helicóptero:

— Não! Não! Não!

Mas nem ele mesmo ouve sua voz.

Sentiu vontade de pular na garganta do playboy louro de cabelo comprido, socar o nariz dele. Bater, bater até ele perder os sentidos. Não deu tempo porque fez as fotos primeiro, e um pessoal logo veio tirar o cara dali. Lembra de ter sentido uma enorme revolta, enquanto apertava o botão seguidas vezes. Chegou na cena um pouco atrasado, a garrafada mesmo, a que quebrou a garrafa na lateral esquerda da cara do garçom, já tinha acontecido, mas Bruno Leonte ainda futucava com um caco enorme a cara do infeliz. Chamava-se Elias, Gabriel o conhecia, era um bom garçom. Caído no chão, chorava alto.

Depois que tiraram o agressor dali, Gabriel fez mais fotos. Era estarrecedor e ao mesmo tempo, de um modo único, belo: um rosto desfigurado por cortes recentes, um rosto que ainda não entende isso direito mas já começa, talvez, a desconfiar – que jamais será um rosto direito outra vez. Um dos olhos do homem, o esquerdo, estava pendurado sobre a bochecha. Gabriel fez dezenas de fotos antes que o tumulto inaugurado na Cavalinhu's conseguisse se resolver numa espécie de ordem e alguém tivesse a idéia de levar Elias a um hospital.

Entendeu logo, ainda que a princípio não com todas as letras, que alguma coisa terrível tinha acabado de acontecer. Foi para casa na mesma hora, embora ainda fosse uma da manhã e ele tivesse planejado trabalhar até as três. Antes de dormir tratou as imagens no micro ouvindo Franz Ferdinand.

Dormiu pouco e mal, e logo cedo deixou as fotos na mesa do Tufic e do Rogério. Um terceiro CD-R levou debaixo do braço.

As imagens do rosto propriamente, as últimas que fez, não estavam incluídas no serviço. Aquilo era outra coisa – era, quem sabe, arte. Para as revistas deixava quinze fotos, a maioria de casais mais ou menos famosos na pista de dança. No que dizia respeito a Bruno Leonte, apenas o trivial das boates – uma briga, uma mijada em público. Embora Gabriel soubesse que as imagens daquele dia nada tinham de triviais: a briga não era briga, era um massacre, e a mijada em público ia muito além da contravenção besta, com seu jato de escárnio despejado sobre um homem brutalmente ferido.

Aquilo era quente. Gabriel ia satisfeito pelas ruas da Cidade Velha, no caminho entre a *Célebres & Bonitos* e o *Povão*. Se ajudasse a criar problemas para Bruno Leonte, ótimo, o cara merecia ter a vida atazanada. A polícia talvez fizesse alguma coisa, provavelmente convidaria Bruno para depor, mas não ia fazer muito. A Justiça, se o problema um dia chegasse a ela, menos ainda. Era grande demais a disparidade social entre agressor e agredido, Gabriel tinha visto aquilo acontecer outras vezes. Não dava em nada. Por isso mesmo, a idéia de perturbar a vida de Bruno Leonte ficava mais atraente. Ajudar a pôr lenha no inferno do sujeito era, para o mais talentoso fotógrafo da noite de sua geração, um prazer.

Além de dar uma grana, claro.

Rogério Lapa o achou em casa, interrompendo a sesta que, na profissão dele, não era luxo, era primeira necessidade.

— Te liguei à beça de manhã. Você não vendeu aquelas fotos do Bruno Leonte para ninguém mais, vendeu?

— Qual é, Rogério? Você não comprou exclusividade.

— Não comprei exclusividade, essa é boa. Eu não comprei, ponto, Gabriel. Essas fotos não me servem. Mas o Peçanha em pessoa me ligou e, rapaz, abre o seu olho.

— Como assim, abre o seu olho?

— O homem está furioso com você.

— O Peçanha?

— O Peçanha. Você sabe que eu gosto de você, Gabriel. Sempre te dei força, não dei? Abre o seu olho, meu amigo. Não vende essas fotos para ninguém.

— Eu já vendi, Rogério.

— Cacete, pra quem? Não me diga que...

— *Povão*, foi.

— Puta que o pariu.

— É grave?

Rogério riu.

— Agora, segura a onda. Não deve dar em grande coisa. Mas que o velho tá puto, tá. Se você tiver como cancelar a publicação lá no *Povão*, eu recomendo, evita dor de cabeça. Conselho de amigo. Agora, se não der, agüenta o repuxo. Liberdade de imprensa é assim mesmo, tem hora que dói.

A conversa com o Rogério da *Célebres & Bonitos* deixou Gabriel preocupado, mas não muito. Custou a avaliar direito a situação. Ligou para o editor de cidade do *Povão*, o Ivan, que conhecia dos corredores da faculdade, mas disseram que ele estava numa reunião. Pensou: logo depois, e esqueceu o assunto. Passou a pensar apenas no encontro de logo mais com Tatiana Kroll no ensaio de seu grupo, a Banda Desenhada. Gabriel achava que Tatiana, a maior gata que tinha conhecido em 23 anos de vida, estava muito perto de sucumbir às suas, àquela altura, já prolongadas atenções.

Fumando um cigarro na janela, reparou no primeiro sujeito de preto. Prestou mais atenção e logo sacou outro, e mais outro — passando entre os carros parados no sinal, dobrando a esquina, lendo jornais encostados em postes. Usavam óculos escuros negros, da cor da roupa, o que os deixava quase invisíveis. Uma vez que você começasse a procurar óculos escuros negros, porém, estavam por toda parte. Em Flowerville a cena seria normal, mas não ali. Não no coração da Cidade Velha.

Gabriel notou que os homens falavam em fones de ouvido ligados a microfones minúsculos por um arco de aparência delicada. Tinham, em geral, o dobro do tamanho de um ser humano médio. Multiplicavam-se num minuto para sumir no seguinte, movendo-se com segurança absoluta, devastadora. No céu, Gabriel sabia, helicópteros também negros lhes davam cobertura.

A campainha tocou.

Abriu a porta e os armários lhe caíram em cima. Um deles lhe deu um safanão na orelha, queimou à beça, o zumbido alto o deixou surdo por algum tempo.

– Calma, vocês querem as fotos? Estão nesse CD, podem levar.

Um dos homens arranca seu computador da mesa e o põe debaixo do braço.

– Quem mais tem cópia disso? – diz o único dos armários que fala.

– Só as revistas.

– Que revistas?

– A *Célebres* e a *Íntima*. É pra esse pessoal que eu trabalho.

– Se for mentira a gente volta – diz o homem de saída, e os outros saem atrás dele.

Gabriel Terracotta não calculou aquele movimento. Foi algo que lhe surgiu na hora, uma inspiração. Ou seria mais um caso de desinspiração? Mais tarde, de cabeça para baixo a mil metros de altitude, haveria ocasião de refletir e concluir que sim, provavelmente teria sido mais esperto abrir o jogo com os sujeitos de preto, dizer: "Caramba, vendi as fotos pro *Povão*, e agora, o que vamos fazer?" Dividir a responsabilidade com eles. Quase certo que lhe custasse mais umas bolachas, mas teria sido melhor, no fim das contas, do que dar ao Peçonha um falso alívio de poucas horas e – eis o erro fatal, o erro brabo – não usar esse tempo para fugir.

Tatiana Kroll estava dando um esporro no baixista quando Gabriel entrou. O ensaio rolava no playground do prédio do baterista, filho de um advogado ricaço de Flowerville.

– Cadê o seu swing, *for Christ's sake?*

– Qual é, Tati?

– Swing, eu quero swing! Você não está pregando pregos, isso aqui é música.

– Por que você não vem tocar a porra do baixo, então?
– Vou mesmo. Me dá aqui.

E Tatiana, miúda, shortinho deixando escapar um par de pernas lindas, embora de curta duração, pegou o baixo que era quase do seu tamanho e, de primeira, tocou uma frase musical do jeito exato que acreditava ser o correto. O ouvido direito de Gabriel ainda zumbia um pouco do tapa levado mais cedo, mas mesmo assim ele reconheceu: o som tinha swing à beça, um molejo irresistível. Até o baixista deve ter sido obrigado a reconhecer isso, pois ficou calado. Pegou de volta seu instrumento, encostou-o na parede e disse que precisava ir ao banheiro.

Só então a líder da Banda Desenhada percebeu que Gabriel a observava à distância. Caminhou na direção dele com um sorriso que parecia iluminado por duas fileiras de holofotes.

O beijo que lhe deu no rosto tangenciou a boca. Gabriel soube que ela andara tomando Coca Light.

Pôs nas mãos dela o envelope com as fotos. Numa delas estava – devia estar, se ele tivesse trabalhado direito – a capa do primeiro CD de Tatiana Kroll e a Banda Desenhada, a sair dentro de dois meses. Ela despejou mais algumas centenas de volts no sorriso e, sem abrir o envelope, pôs a mão sobre o seio esquerdo.

– Ai, estou nervosa. Ficou bom?

Bom? Gabriel era suspeito para julgar, mas na sua opinião o ensaio fotográfico que tinham feito na semana anterior não era bom: era espetacular. Espetacular e ousado. Num preto-e-branco cheio de clima, dividido meio a meio entre luz e sombra, a banda se espalhava por um cenário que apenas uma cadeira e um cabide de pé impediam de ser inteiramente vazio, um ali, o outro lá atrás – Tatiana sempre em primeiro plano, claro. Todos inteiramente nus. Era como se estivessem no paraíso, um paraíso crepuscular no limite da queda, com os instrumentos fazendo, muito casualmente, as vezes de folhas de parreira.

— Ficou bom. Eu gosto, pelo menos.

— Não ficou meio ridículo?

O baixista tinha voltado do banheiro e reassumido seu instrumento. Enquanto Gabriel balançava a cabeça numa negação enfática, o baterista começou a trovejar um ruído crescente que parecia uma avalanche, e arrematou tudo com uma porrada violenta no prato. Tatiana pareceu interpretar a firula como um ultimato.

— Estamos atrasados. Nem vou olhar as fotos agora, quero fazer isso com calma. Me espera pra gente sair daqui junto. Podemos jantar, você topa?

A roqueira mais bonita do país falou isso apertando sua mão. Havia mais do que uma promessa ali. É hoje, pensou Gabriel.

— Claro — disse.

Ainda não eram oito da noite, talvez desse tempo de tentar mais uma vez falar com seu conhecido no *Povão*. Enquanto a Banda Desenhada voltava a encher a noite com uma barulheira de ensurdecer, sobre a qual, no entanto, a voz de Tatiana Kroll dava um jeito de surfar com a maior desenvoltura, Gabriel Terracotta pegou o elevador e saiu do prédio à procura de um orelhão, mercadoria nunca em falta nas ruas arborizadas de Flowerville.

— O Ivan está?

— Tá jantando — alguém gritou com maus modos.

— Eu queria... — começou Gabriel.

Mas o outro desligou.

Saco. Um enorme desalento o deixou plantado ali por algum tempo, telefone na mão. De repente veio a idéia: e se ligasse para seu avô em busca de conselho? O velho Mirândola podia ser meio maluco, mas conhecia bem esse negócio de brigar com Victorino Peçanha. Talvez pudesse ajudá-lo a decidir o próximo passo ou, no mínimo, lhe dar uma noção de até que ponto corria perigo real se a foto de Bruno Leonte viesse a ser publicada contra a vontade do bambambã de Flowerville. Uma bobagem, no fundo – Gabriel tentava se tranqüilizar.

Mas, após resumir o caso ao telefone, a reação do avô o assustou.

– Onde você está?

– Num orelhão em Flowerville.

– Venha agora para cá.

– O quê?

– Você precisa se esconder. Hora de ir pro underground – disse o velho, apressado e grave. – Pegue um táxi e corra pra minha casa, eu pago.

Gabriel riu.

– Vô, eu estou ocupado agora.

– Isso não é brincadeira, Gabriel! Você sabe demais. Pegue um táxi...

Foi a sua vez de desligar: a loucura do velho estava no auge, aquela noite.

Pensou em tentar mais uma vez falar com o *Povão*. Desistiu, mas permaneceu de pé junto ao orelhão, mãos pensas, olhando a rua deserta e ouvindo Tatiana e a Banda Desenhada. A música arrefecida pela distância chegava a seus ouvidos como um sussurro:

A areia escorreu
Agora já deu
Ou melhor, fodeu.

Deve ter achado que o ruído do helicóptero fazia parte do arranjo, pois não percebeu que ele planava ali perto, não mais de vinte metros acima de sua cabeça. Quando dois homens de preto desceram em cordas, foi em completo silêncio. A coisa toda durou uns poucos segundos. Logo só restavam no quadro um orelhão, uma rua deserta, um rock distante:

A areia escorreu
Diga adeus
A todos os seus.

De cabeça para baixo, já não sabe distinguir o que é pensamento, o que é fala, o que é pavor. Em breves lapsos de lucidez tem a impressão de haver falado demais, comprometido Mirândola numa daquelas voltas para dentro do helicótero em que o armário duplex mais bonzinho lhe enxuga o rosto, mas logo está novamente ao ar livre, e como ter certeza de qualquer coisa se o ácido da escuridão dissolve as fronteiras entre o que é pensamento puro, sereno – tão engraçado o velho falar que ele precisava ir para o underground e ele acabar no céu, quá, quá, quá, e olha que o subterrâneo a que o avô se referia era o porão literal onde maquinava sua vingança improvável, o maluco, qué, qué, qué –, o que é pensamento puro e o que são palavras vomitadas em jorros fedorentos mas involuntários de alcagüete desprezível. Os tênis amarrados com barbante escorregam lentamente de seus pés, o vento gelado que as hélices transformam em turbilhão lhe enrijece as feições e as idéias, e ele nem disse adeus a Tatiana Kroll, merda, sempre soube que devia ter recusado o convite do avô para descer àquele porão e documentar sua obra em andamento, barrigas, olha o passarinho, aqueles sorrisos de mães orgulhosas, meu Deus, recusado, devia ter, mas não era um fotógrafo, afinal, os tênis, ah, que merda, Tatiana, a areia escorreu.

O duplex fica olhando para os dois tênis que tem nas mãos, subitamente esvaziados do homem que os habitava.

– Xi – diz.

Os armários se entreolham por alguns instantes. O patrão não vai gostar daquilo. Um deles bate no ombro do piloto.

– Vamos voltar para casa.

8

A repórter de TV vem caminhando até ele com um sorriso de dentes tão perfeitos e alinhados que parecem riscados por um arquiteto. Os olhões verdes são como faróis ferozes. Victorino Peçanha sabe o nome dela: Amanda Jones. Sabe mais, embora, claro, isso possa ser só um boato.

— Doutor Peçanha, eu gostaria de...

— Pois não, Amanda.

— O senhor me conhece? — ela finge surpresa. — Meu Deus, que honra...

— Quem não conhece Amanda Jones?

— Rá, rá. Televisão é fogo, todo mundo já viu a nossa cara em algum lugar, mas daí a ligar ao nome...

— Um belo nome, *by the way*.

— Ah, o senhor é um *gentleman*.

— Você não viu nada.

Seria só um boato? Peçanha perscruta os olhões de Amanda Jones em busca de uma resposta, sim ou não. Não encontra.

— Doutor Peçanha, é um grande prazer. Eu gostaria de saber se o senhor concordaria em gravar uma pequena entrevista sobre o caso...

— Não, não.
— ...porque, afinal...
— *No way*, Amanda.
— Veja bem, Bruno Leonte é do seu, hã, grupo político, e as eleições vêm aí, e tudo indica que ele foi vítima de uma armação, e assim seria muito importante para o público do meu telejornal que...
— Eu disse — Peçanha pronuncia as palavras lentamente — no... *way*.

Amanda Jones arregala seus adoráveis olhos verdes, parecendo assustada. Agradece, balbucia desculpas e se afasta, fingindo ter pressa de confabular com o cinegrafista.

Talvez fosse só um boato, afinal.

Em pé num canto dentro de mais um de seus infalíveis ternos *white*, Peçanha observa o movimento: dezenas de pessoas indo e vindo, falando alto, puxando fios entrecruzados, cochichando em grupinhos menores aglutinados aqui e ali: o saguão do hospital tem um ar de estação rodoviária em véspera de feriado. De repente, destaca-se do bolo — mas que surpresa — o general Boaventura em pessoa. Caminha reto na direção de Peçanha. O lado de seu rosto que funciona pisca sem parar, denotando nervosismo.

— General, por que eu não consigo interpretar sua presença aqui como um bom sinal?

— Porque não é.

Consciente de ser observado a certa distância por Amanda, Victorino Peçanha ri, balançando o corpanzil, como se o velho militar tivesse contado uma piada de caserna envolvendo um recruta português, um cavalo e um cantil quase vazio.

— Está vendo aquela potranca ali? Amanda Jones. Dizem que faz programa de alto nível, cinco mil por noite. É verdade?

— Posso mandar investigar.
— Então mande, general.
— Fico contente de ver que você continua com o velho apetite, mas...
— Sempre, general. *Like in the good old days.*

O pisca-pisca de Boaventura ganha força. Peçanha sorri por dentro: às vezes gosta de provocar o general, e hoje é um desses dias. Está vagamente irritado. O que pode ter levado Boaventura, que nunca aparece em lugar nenhum, a marcar presença justamente num momento como esse, no meio de uma chusma de fofoqueiros profissionais? A sorte, avalia Peçanha, é que o comandante da Condoguard conseguiu se transformar num personagem tão secreto, tão afeito às sombras — a única foto dele, publicada e republicada à exaustão, já é velha de mais de vinte anos —, que nenhum dos repórteres presentes no hospital parece se dar conta de que aquele vovô metido num agasalho de ginástica, aos cochichos com Peçanha num canto do saguão, é quem é. Não resta dúvida de que a imprensa já foi mais competente.

— Olha só aquele pernil, general. A bunda, o porte petulante. *Hot babe!*

Mais até do que as expressões anglófilas que gosta de salpicar em suas falas, Victorino Peçanha sabe que o general desaprova sua compulsão sexual. Boaventura nunca chegou ao ponto de formular explicitamente uma condenação moral, mas — sob o pretexto de se preocupar com os problemas de segurança advindos da promiscuidade de Peçanha com um elenco fixo de *blow job girls* e amantes em série, sem mencionar as complicações judiciais provocadas por cinco casamentos desfeitos — teve certa vez a ousadia de sugerir ao patrão que procurasse um especialista. "Priapismo é doença, tem cura", disse, muito sério. O rosto de Peçanha ficou inteiro escuro, da cor do nariz. A voz rouca caiu naquela modulação lenta que seus interlocutores tinham se habituado a temer.

"Se é uma doença, general, eu vou morrer dela", articulou, mostrando os dentes. "Mas acho que doente mesmo foi a sua conduta com aquela subversivazinha, como ela se chamava? Betina, acertei? Nome verdadeiro ou de guerra? *Jesus, I forgot*, mas o resto eu me lembro bem. Barbaridade, general! As minhas mulheres pelo menos saem inteiras da foda."

Pronto, nunca mais Boaventura se atreveu a tocar no assunto.

Agora, porém, parece estar com uma vontade incontrolável:

— Vou investigar essa Amanda, pode deixar. Mas é curioso que você tenha tocado nesse assunto de mulher, porque de alguma forma ele parece ligado a um problema urgente que apareceu essa noite.

Peçanha começa a arroxear. O general sorri de um lado só.

— Tem alguma sala aqui em que a gente possa conversar?

Mal acabou de dizer isso, o saguão explode numa batalha campal. Fotógrafos e cinegrafistas começam a trocar cotoveladas e empurrões, gritos abafados por gritos mais potentes, luzes fortes como o sol projetando nas paredes brancas toda aquela balbúrdia em forma de teatrinho chinês:

— Aqui, Bruno!

— Um sorriso, Bruno!

— Quem armou para você?

— Quanto você vai cobrar do *Povão*?

– Lin-dô!

Com a ajuda de meia dúzia de condoguardas, Bruno Leonte atravessa o bolo de jornalistas em poucos minutos, mas não escapa de um ou outro encontrão. O pior é o microfone que lhe acerta o olho esquerdo, deixando um arranhão de alguns milímetros abaixo da sobrancelha.

– Ai, merda!

Chega trêmulo e ofegante ao canto do saguão onde estão Peçanha e Boaventura. Os condoguardas formam rapidamente uma muralha de ternos pretos em torno do trio.

– Você está atrasado, Bruno – diz Peçanha.

– Não estou acostumado a madrugar. Meu olho está inchado?

– Vamos acabar logo com isso.

O manda-chuva de terno branco lidera a multidão vociferadora e escoiceante pelos corredores. No Hospital Geral de Flowerville, nunca o silêncio foi mercadoria tão rara.

Estendido no leito branco que sua pele torna branquíssimo por contraste, Elias dá um sorriso, quase um sorriso – mais uma careta. Seu rosto é um feixe de retalhos de carne que as bandagens mantêm unidos com esforço. Nesse estado, não é razoável esperar que ele mostre mais em termos de gratidão e ternura, mas o esgar, embora horrendo, deve ser o bastante: no pequeno monitor da equipe de Amanda Jones, Peçanha vê que a câmera capta em *close up* aquela tentativa de sorriso, dentes arreganhados, gengivas com laivos de sangue, para em seguida abrir o plano e mostrar o aperto de mão entre Elias e Bruno Leonte, o herói louro que salvou o garçom infeliz de se ferir ainda mais nas mãos de um maníaco anônimo. Talvez até, quem sabe, de

morrer. O aperto de mão se prolonga, os dois homens encaram a câmera enquanto sacodem vigorosamente os braços unidos por palmas e dedos, como políticos que acabaram de assinar um pacto histórico. Flashes espocam. Alguém puxa uma salva de palmas.
Amanda Jones enxuga discretamente uma lágrima.

"Cof-cof-cof-cof-cof... Não faz assim, buéééé, buéééé... Eu entrego, eu falo, eu sou neto do Miran... cof-cof-cof... Porra, puta que o pariu, o velho é maluco, doidinho com aquela porra daquela idéia de... cof-cof-cof-cof-cof-cof-cof, porra, de tráfico e tal de (*inaudível*) porra, pára com isso que assim eu vou morrer, eu vou morrer e aí eu não conto mais nada pra vocês de porra nenhuma! Rá, rá, rá, essa foi genial! Não, não, não! (*Silêncio. Vento. Zumbido de hélices.*) Puta que pariu, ai meu Deus, mamãe, buééééééééééé, buééééééé... Tá, eu conto, eu não sei muita coisa mas sei o que eu vi, o quê? Eu vi, caralho, vi que fica tudo espalhado no Maracanã lá, aquele bando de vaca gorda, hein? Pode conferir, agora não me pendura mais, eu faço qualquer coisa, qualquer coisa, mamãe, buéééééé... Eu sou neto, porra, neto do homem, o homem que vai destruir o Peçonha, cof-cof-cof-cof-cof-cof-cof-cof-cof-cof, neto do Miraaaaaahhhhhhhhhh! (*Silêncio mais longo. Cacofonia de helicóptero.*) Buééééé, cof-cof-cof, puta que pariu, eu vou morrer e aí eu juro que morto é que eu não falo mais nada mesmo, e olha que eu sei de tudo, o plano inteiro na boca, mas tá pensando que eu sou otário ou o quê? (*Inaudível*) Conto, mas só pro Peçonha que eu conto, pelo amor de Deus, não faz assim mais não, me deixa falar com o homem que eu conto como conseguiram a... cof-cof-cof-cof, porra, de novo não, não, nãããããããoooooooooooo..."

O general Boaventura aperta o botão de desligar. Ele e Peçanha se entreolham.

— *Play it again* — diz o chefe.

— Mas já ouvimos mais de dez vezes...

— *Again*, porra!

9

Ele veio voando, pousou sobre a grade eletrificada do muro do quintal e disse:

— Darás à luz o Salvador.

Era um anjo engraçado, vestido como um garotão de hoje, de camiseta do Sandman. Lembra que ele estava descalço e parecia mais flutuar do que se equilibrar sobre o arame de alta voltagem. Fumava. Mas não tinha nada de cômico aquele sonho, pelo contrário, era vazado de uma luz bonita e melancólica, e Nora dedica seus primeiros minutos de vigília a recordá-lo nos menores detalhes. Deixa Neumani roncando na cama e se tranca no banheiro. No espelho sobre a pia, enquanto escova os dentes, vê uma mulher que a choca pela feiúra: pálida, meio verde, precocemente envelhecida, com os cabelos presos num coque frouxo. Solta-os. Depois alcança um batom que não usa há mais de um ano, meio ressecado mas ainda capaz de lhe colorir os lábios. Escova os cabelos longos com cuidado, sentindo um princípio de euforia à medida que os fios embaraçados cedem passagem às cerdas. Precisa de um bom corte, mas a aparência da mulher no espelho melhorou.

A essa altura a impressão do sonho já desbotou um pouco, mas, juntando na memória pedaço por pedaço, Nora consegue se lembrar da história quase completa. A cara do anjo é vagamente familiar, mas permanece oculta em algum ponto cego da mente.

Volta ao quarto, abre a gaveta superior da cômoda e, apalpando sob uma pilha de calcinhas, encontra a caixa do teste de gravidez. Por medo ou pudor, vem adiando há dias esse momento. Mas o sonho com o anjo fumante a depositou numa região além do medo e do pudor. Trata-se agora apenas de comprovar por meios convencionais a notícia que já lhe chegou. Neumani se vira na cama, resmunga. Não por cálculo ou receio de ser descoberta pelo marido, mas para se assegurar da solidão que neste momento lhe é mais vital do que nunca, Nora sai do quarto e entra no outro banheiro da casa, chamado no jargão familiar de "o das visitas", embora eles nunca recebam visitas.

Não sente apreensão alguma. Nem mesmo uma vaga expectativa: sabe qual será o resultado. Quando ele se materializa entre seus dedos num azul intenso, Nora sorri. Sorri porque finalmente se lembra da cara do anjo que pousou no muro. Ele tem uma expressão agradável, e após lhe dar a notícia tira uma câmera enorme do bolso da calça, no qual, pensando bem, a câmera jamais teria como caber, e a aponta para Nora.

– Diga "queijo".

Ela sorri, linda, como sabe que voltou a ser.

Enquanto esperava Teodoro, houve um intervalo de uns dois meses, entre a temporada infernal de enjôos e as semanas finais em que se sentia uma porca imensa e tudo era desconforto, um meio-tempo mágico que a Nora pareceu abençoado. Foram os únicos momentos em que passou perto de compreender a idéia de plenitude associada à gravidez. Melhor até do que isso: conseguia trabalhar. Começou a escrever um romance histórico cheio de suspiros e galanteios, traições e desespero, adagas azinhavradas e selos quentes derramados sobre cartas de caligrafia absurda, e deu-se então algo incrível: a cada dia, relendo o trabalho da véspera, em vez de sentir ganas de rasgar tudo, como era seu hábito, Nora gostava. Tinha finalmente encontrado sua voz, e a felicidade que essa certeza lhe propiciava era inseparável da barriga, coincidia bem demais com ela, o que a levou a cultivar em segredo todas aquelas metáforas batidas sobre o poder de criação da mulher, do ventre da mulher, da cabeça, da alma, das mãos da mulher. Começou a escrever junto com o romance um diário de bordo em que dava vazão a essa euforia recém-descoberta, e também, para que seu filho um dia compartilhasse com ela aquele momento de graça, num caderno menor, de capa rosa, uma história infantil. Depois de muito sofrer, o Coelho Caolho descobria ter poderes sobrenaturais e salvava o universo coelhal de uma ameaça inenarrável.

Nora queimou todos esses cadernos no quintal depois que perdeu Teodoro. Só muitos meses depois o filho reapareceria em seus escritos, nos escritos que cada vez mais tomavam o lugar do viver em sua vida. Teodoro ressurgiu como a criança gulosa que não chegara a ser, sugando seus peitos nas tardes sonolentas até dormir de barriga cheia e Nora apagar também, esvaziada de tudo, como se morresse.

Agora, sentada à mesa da cozinha, toma uma xícara de chá e torce para que seu marido não acorde tão cedo. Percebe com alguma surpresa que aqueles dias de escrita desordenada e sem rumo – um deles era ontem, meu Deus – ficaram distantes. Como eram imaturas, vistas de sua perspectiva atual, as cenas em que Teodoro sugava os pés da mesa e seus globos oculares e ela quase desfalecia imaginando Sebastião a observá-la com seu olhar igualmente guloso de cima do muro. O mesmo ponto do muro em que pousou o anjo descalço, mas Nora sabe que a palavra certa para isso não é coincidência. A lembrança de todas aquelas páginas torturadas a envolve de repente numa onda lacrimogênea de ternura. É como se seus cadernos tivessem sido preenchidos até então com os esforços de uma criança pequena que está aprendendo a desenhar e, por isso, merece festa quando enfim consegue rabiscar dois olhos – em vez de três ou quatro – dentro de uma cara de lua.

Chegou a hora de inaugurar novas páginas, contar uma história completa com todos aqueles estilhaços. Nora se levanta e abre o armário onde uma pilha de cadernos de capa dura, novinhos, divide o espaço com panelas, escorredor de massa, coador de leite. Pega dois deles, um de capa preta e um de capa verde. Pensa melhor e apanha um terceiro, laranja.

Com os cadernos debaixo do braço, vai até a sala. Sem deixar de abraçar amorosamente os maços de folhas virgens em que rabiscará seu futuro, liga para Mirândola e pede ao velho que mande o homem visitá-la hoje ao meio-dia. Ele deve vir de banho tomado, roupa nova. O alarme estará desligado, a cerca sem eletricidade, um novo caderno de capa dura inaugurado: tudo pela porta da frente. Num impulso, acrescenta então que dentro dela Salvador já começou a crescer com seu cérebro do tamanho de uma cabeça de alfinete, mas Mirândola não demonstra surpresa. Ela tem a impressão de que ele já intuía tudo isso e sabe, de algum modo, que a história se precipita. Está calado, o velho. Sucinto. Nora lê concordância em seus grunhidos.

Dos cadernos antigos salvam-se as páginas, na prática atas científicas, em que estão registradas as experiências de Mirândola nas quais ela se dispôs a atuar como cobaia, além dos relatos de seus encontros reais e imaginários com Sebastião no Moreirão e nos subterrâneos de Nova Esplanada, e das histórias que ele lhe contou com lágrimas nos olhos enquanto os grilos cantavam do lado de fora do Galaxy branco. Naquele tempo, os relatos de uma vida cheia de tragédias e atos de heroísmo faziam falta a Nora, mas agora não fazem mais — ou fazem? Ela ainda terá que decidir se vale a pena manter na versão final de sua história, por exemplo, a cena dantesca em que Sebastião e Adelina foram surrados e arrastados para o porão pelo sujeito de nariz escroto e lá torturados por diversos homens, todos recos, todos à paisana. Adelina morreu primeiro e seu corpo foi lançado numa tina cheia de ácido sulfúrico, as carnes sem vida de Adelina e do bebê que havia dentro de Adelina chiando feito fritura enquanto as colunas de fumaça subiam e queimavam quem aspirasse o vapor fétido. Rindo nervosos, lenços na cara, os homens comentavam com o sujeito do nariz que estava dando tudo certo, e de repente não, não estava dando nada certo, e ficou naquilo, estava, não estava, a carne se desfazia mas ficavam os ossos, era preciso mexer bem para garantir o dissolvimento, mas quem ia ser besta de chegar perto do caldeirão de ácido para fazer um serviço daqueles, desde quando aquilo era trabalho de branco? Ouvindo o debate, aquelas risadas colegiais, Sebastião compreendia que seria o próximo e até queria, ansiava por ser o próximo. Nem soube como foi parar dentro do duto de ventilação em que se arrastou por um tempo que pareceu se esticar em horas, dias. Teve certeza de que ia morrer entalado ali, mas de repente se viu ao ar livre debaixo de uma lua cheia que parecia tão grávida quanto o seu amor defunto. A primeira coisa que fez foi correr soluçando até o posto de gasolina onde o filme de terror começara, decidido a quebrar o pescoço do homem de nariz arroxeado, arrancar-lhe as tripas com suas mãos nuas, mas no Bela Cintra só encontrou um outro homem, mais velho, olheiras negras, que se apresentou cheio de modos, meu nome é Mirândola, em que posso ajudá-lo, e enquanto debatia consigo mesmo se devia matá-lo para não perder a viagem, Sebastião desmaiou a seus pés.

Nora anotou no mesmo caderno a mistura de comoção e incredulidade que a história lhe causou. Aquilo era grotesco demais, e quando perguntou a Mirândola se ele confirmava o relato, o velho mudou de assunto, perguntou quando seria seu período fértil e se pôs a discorrer sobre os aspectos técnicos da inseminação. Mas quem era ela para exigir fidelidade absoluta aos fatos, se também gostava de inventar para si uma vida feita de palavras? O que seria verdade naquilo tudo? Valéria, Valuza e Varlene, as mulheres barrigudas que viviam sorrateiramente entre o porão de Mirândola e o conforto dos assentos acolchoados do Moreirão – todas filhas de Sebastião, como Valesquinha – eram por acaso mais reais do que o anjo descalço? Submeter-se ao jorro brutal que aquele homem chamava de sua história tinha se tornado, para Nora, o mesmo que se sujeitar deliciosamente às carícias de mão pesada dele, tudo parte de um mundo criado por sua inquietude de escritora, emoções que só se completavam no momento em que as traduzia em palavras nos seus cadernos de capa dura.

Os mesmos cadernos que agora vai espalhando pela casa, um sobre a mesa da sala, outro no sofá, um terceiro na cozinha, todos abertos em páginas cuidadosamente escolhidas, para que Neumani os encontre quando acordar e saiba enfim de tudo, e acredite em tudo, porque depois de ser visitada por um anjo Nora já não suporta a idéia de que nada daquilo jamais aconteceu.

O doutor Mirândola, orador da turma de 1949 da Faculdade Nacional de Direito, é um homem que parece feito mais de nervos e tendões do que de músculos. Sempre foi assim, a idade apenas acentuou essa impressão. De estatura mediana, é um velho seco e fibroso, só ossos e pelanca dura, a não ser por um traço cômico: nessa estrutura exasperada, sobressai de repente uma barriga redonda, voluptuosa, parecendo postiça. Tem bolsas escuras embaixo dos olhos, que são grandes e caídos como os de um sapo. Os cabelos começaram a abandoná-lo bem cedo na vida, antes dos 30, e a essa altura, ultrapassada com folga a marca dos 80, se resumem a meia dúzia de fios longos e ásperos sobre cada uma das orelhas.

Sentado à mesa da cozinha, xícara de café esfriando à sua frente, Mirândola tem os olhos pregados na tela da TV portátil que se espreme entre o antiquado forno de microondas e a pequena estante de livros de culinária que alguns anos atrás, num arroubo de iniciativa, comprou com a idéia de dar início a uma paixão pela química sutil da interação de sabores e texturas – idéia que não demorou a abandonar, rendendo-se à evidência de que não havia espaço em sua vida para paixão alguma além daquela única, obsessiva, que lhe sustentava os dias.

Quando ligou a televisão tão cedo, coisa que jamais fazia, estava em busca de notícias de Gabriel Terracotta. Passara uma noite ruim, entre cochilos atormentados e períodos de vigília não menos cheios de angústia. Tinha telefonado uma dúzia de vezes para a casa de seu único neto, madrugada adentro, e ninguém atendeu. Quando o sol estava nascendo, menos dormiu do que desmaiou no sofá da sala. Foi um sono suarento e profundo. Acordou, quase oito, tomado de uma certeza estranhamente vizinha do alívio: era tarde demais, algo terrível já acontecera a Gabriel.

Talvez o noticiário da manhã lhe esclarecesse o resto. Na cozinha, anúncios de empreendimentos capitalistas diversos se sucediam na tela enquanto ele esquentava no microondas uma xícara grande de água do filtro e despejava nela duas colherinhas de café solúvel. Estava começando a pingar o leite quando a repórter com cara de modelo, olhos verdes inacreditáveis, começou a falar diretamente com ele. Em pé à frente de um aglomerado de pessoas, era obrigada a gritar um pouco.

— Estamos aqui no Hospital de Flowerville, onde neste momento o arquiteto Bruno Leonte cumprimenta o garçom Elias da Cruz. Bruno salvou Elias de se ferir ainda mais numa pancadaria na boate Cavalinhu's, quarta-feira à noite. A agressão bárbara sofrida pelo garçom deixou como saldo sinistro um olho cego e meia orelha decepada, entre outros ferimentos. O agressor não identificado fugiu. Agora, como se não bastasse a ação corajosa que teve no momento da briga, Bruno Leonte acaba de comunicar a Elias que vai pagar todo o tratamento hospitalar dele, inclusive as cirurgias plásticas, mais uma espécie de seguro-saúde enquanto ele estiver impossibilitado de trabalhar, para ele e toda a sua família. O valor total das despesas pode chegar a...

Enquanto a mulher fala, a imagem viaja lentamente até o leito onde o garçom está deitado, fecha em seu sorriso, abre de novo. Mirândola sente o sangue correr gelado em seus membros. Ouve uma espécie de zumbido imaginário, do tipo que esvazia a realidade de toda a polpa que lhe poderia dar sentido. Não consegue despregar os olhos da TV. Sabe que aquilo está intimamente relacionado ao sumiço de Gabriel, claro que está. Mas como? O resto do noticiário não traz nenhuma informação nova. O telefone toca, é Nora. Antes mesmo de terminar a última matéria – alguma gracinha sobre a socialização de crianças miseráveis por meio de atividades circenses como engolir fogo e deitar em cama de pregos –, Mirândola já usou a extensão telefônica que tem na cozinha para acionar o *pager* de Sebastião.

Em seguida, movendo-se a bordo do andar lento e bambo que ultimamente o tem feito pensar se o fim da linha não estará muito próximo, destranca o cadeado e empurra a grossa porta de madeira crua na parede dos fundos da área de serviço. Um bafo de poeira, umidade e fungos o envolve.

Na tabuleta branca pregada sobre a porta, lê-se a seguinte inscrição em tinta preta, letras caprichadas mas incertas denunciando o amadorismo do pintor:

O desaparecimento do **direito de herança** *será o resultado natural de uma mudança social que suplantará a* **propriedade privada** *dos meios de produção. Sem embargo, a abolição do direito de sucessão não pode ser* **jamais** *o ponto de partida de uma tal remodelação.* KARL MARX

Sob a luz fraca da lâmpada suspensa do teto por um par de fios expostos, o velho advogado de família carrega sua barriga escada abaixo, a caminho do porão.

10

Neumani acorda de ressaca. Tomando um café-da-manhã tardio atrás do jornal, quase 11 horas, olha para a foto do morro deslizado em algum bairro miserável da Cidade Velha. Ao lado dela, entre outros anúncios fúnebres, o tijolo gigante informa que um certo Goldenstein goza, se assim se pode dizer de um morto, do amor irrestrito de família numerosa e rica. Neumani vira a página pensando com desgosto no que o dia lhe reserva, muito matutar sobre a Fórmula da Sociedade Ideal, e a princípio fica só vendo as letras diante de seu nariz, sem compreendê-las. De repente se lembra, inteiro, de um gordo buquê de sensações – o sonho do qual acabou de acordar.

Era um sonho caprichado na decoração de época: sala de jantar com mesa de pés-palitos, tampo de fórmica chapiscada, jarro de vidro translúcido cheio de pontas, mas tudo meio cinzento como numa TV com chiado, ou como se uma enceradeira zumbisse ao fundo lembrando Jesus & Mary Chain. A mãe e o pai estavam em casa mas não na cena, a presença deles se concentrava numa série de gemidos altos, indecentíssimos, por trás da porta trancada do quarto.

Neumani, apesar de adulto, se embolava no sofá da sala com Vica e Clara, seus melhores amigos de infância, uns sobre os outros, o que era morno e bom. Comiam toneladas de Diamante Negro, Vica sorria de lado e Clara usava um vestidinho curto, pernas magras e brancas, uma galáxia de sardas nas coxas onde se apoiavam as canelas peludas de Neumani. E nesse momento, inchado de orgulho e da maior felicidade que já sentira na vida, ele anunciava solene que tinha decifrado o último teorema de Fermat.

Toma um gole de café, comovido. Que obra-prima de sonho. Vica e Clara entenderam perfeitamente a dimensão heróica de seu feito, e logo todos se abraçavam com lágrimas nos olhos, acabavam mais embolados do que antes no sofá, como uma criatura de seis braços e seis pernas.

Quantos anos tinha quando decidiu que desafiaria o maior enigma da história dos números, missão abraçada com bravura de menino? Oito, nove? Pois não era evidente que a esfinge se mantivera indevassável às mais poderosas mentes matemáticas do universo por todos aqueles séculos para se revelar a ele, justamente? Foi o que deliberou quando leu na biblioteca do colégio a história de Fermat, e estava deliberado. Numa idade em que os mais espertos de sua geração se engajavam em debates seriíssimos sobre Kikos Marinhos, Twilight Zone, Apollo 11, o Mug, o Speed Racer, os poderes relativos de National Kid, Ultraman e Jaspion, Neumani fez diferente: transformou uma questão estratosférica de matemática pura na razão de ser de sua vida.

O cubo da hipotenusa jamais será igual à soma do cubo dos catetos. Então prove, aí é que está. O quadrado, certo, o quadrado, sim: o teorema dos teoremas, o de Pitágoras. Acontece que tudo depois disso, o cubo, a quarta potência, a quinta, a milionésima, a infinitésima, todas elas – nunca mais que a hipotenusa e a soma dos catetos conseguem se encontrar. Pois então demonstre, prove matematicamente o que acabou de dizer. E ninguém consegue, aí é que está.

No meio de mais uma bicada no café, foi de um só golpe que as letras que fitava há algum tempo no jornal fizeram sentido. Antes não tivessem feito. Era o título de uma pequena notícia internacional na coluna da direita, metade inferior da página:

*Matemático inglês
decifra enigma do
teorema de Fermat*

Imediatamente, a relação de Neumani com o tempo se desacertou por completo. Meses comprimiram-se em segundos, ele envelheceu e morreu antes que o café esfriasse na xícara, enquanto ficava para sempre de bobeira olhando aquelas letras, que agora tinham voltado a perder o sentido – como se significar algo fosse só uma manobra para enlouquecê-lo, coisa provisória, breve passagem entre nada e coisa alguma. Como assim, um matemático inglês? Como assim, Fermat? Esse papel não estava reservado para ele? A impressão do sonho, tão forte segundos atrás, se dissipou no ar feito fumaça de cigarro, deixando apenas a memória dolorida do destino real de seus melhores amigos de infância, ambos mortos antes dos primeiros hormônios da puberdade, um após o outro, meses a separá-los – Vica ao cair do galho mais alto de uma mangueira gigante e quebrar o pescoço no chão pedregoso, Clara atacada por um enxame de abelhas africanas que cobriu seu corpo de ferroadas, uma para cada sarda.

Ele? Não, ele não: ele ficou. Precisava sobreviver porque tinha um compromisso. Um compromisso com Fermat. Aí vinha um matemático inglês, um escroto – e agora?

Agora, Neumani compreendeu que tinha perdido de vista para sempre os loucos deuses da matemática que um belo dia achou de acreditar que um dia, este mais belo que aquele, iam salvá-lo por fim.

Se o sonho daquela noite não tivesse se esgarçado na brisa de Nova Esplanada, Neumani acabaria se lembrando que, a certa altura da trama, Vica subia na árvore com desembaraço de bicho, indo, indo sempre, enquanto ele se atrasava. A casca da árvore escorregadia de orvalho: pensou em parar para tirar o Conga, que idéia vir de Conga, tirou-o. Outra coisa que atrapalhava era a capa, vermelha e comprida, mas essa não podia tirar, teve que se encher de cuidados para não pisar nela e levar um tombo antes da hora. Vica já estava há um bom tempo no galho mais alto, em pé, a mão direita segurando uns raminhos a título de equilíbrio fino, quando ele conseguiu chegar lá em cima e, ofegante, olhou para o menino pálido contra o céu pincelado de verde-água, manhã cedinho na vida, e Vica disse:

Vamos?

Eu vou voar que nem os incas venusianos, Neumani anunciou para ganhar tempo, e não era mentira: se ia voar, queria que fosse como os incas venusianos, meio que marchando, era engraçado.

Incas venusianos é o cacete, disse Vica, tem que voar que nem o Super-Homem, todo esticado, senão não funciona.

Você acredita?

Quem é homem acredita.

É uma brincadeira, Vica.

É coisa séria. Eu não brinco porque brincar é perda de tempo e eu tenho que aproveitar o meu, ele é pouco, agora vamos?

Espera.

O sol nasce, não espera. Um dois e...

Não foi, não pulou, estragou a mágica. De jeito nenhum podia ir, foi o que disse do galho mais alto para o menino estatelado no chão: ele era o que ficava, Fermat, o teorema, a missão, e nesse instante, do alto da mangueira, viu por entre as lágrimas que no fundo do quintal Clara lhe virava as costas ossudas e ia para a guerra. Tentou gritar o nome dela mas era tarde, já as abelhas pretejavam no horizonte, e quanto mais precisasse de suas pernas para ajudar a amiga mais bobas elas ficariam, parecendo derretidas, a língua mole – o tempo lasso.

Podia acordar, claro: era sempre uma possibilidade. Mas de alguma forma sabia que, daquela vez, nem a vigília o livraria da desgraça.

Por algum tempo, Neumani e Nora tiveram no quintal uma mesinha redonda com duas cadeiras de ferro fundido. Algumas vezes sentaram-se ali ao cair da tarde, tomando limonada, chá ou café. Sentiram-se ridículos. Logo já não pisavam no quintal, era como se nem quintal tivessem, como se a casa terminasse na porta da cozinha. Nem ligaram quando, certa manhã, a mesinha e as cadeiras já não estavam lá. Alguém as levara, paciência. Evitavam até olhar naquela direção. Os mil metros quadrados de farofa tinham pouco a pouco adquirido a seus olhos uma fosforescência de terra hostil, de paisagem lunar.

Por isso, Neumani estranhou quando, chegando à porta da cozinha aquela manhã, viu Nora sentada na terra estéril no meio do quintal, apenas uma toalha quadriculada de piquenique servindo de anteparo entre as pedras, pedrinhas, pedrouços, pedregulhos de Nova Esplanada e a malha puída de seu agasalho de ginástica anti-sexo. Tinha as pernas cruzadas em posição de meditação, um caderno de capa dura no colo. Escrevia, como sempre. Mas havia mais um detalhe estranho: seus longos cabelos, soltos, brilhavam ao sol.

Pensou em caminhar até lá e dizer:

– Demonstraram o teorema de Fermat.

Não foi. Difícil imaginar prova mais eloqüente do abismo que crescera entre sua mulher e ele: tinham lhe tirado de um minuto para o outro o sonho de uma vida inteira, e ele não se animava a caminhar dez passos para dar a notícia a Nora. E se acaso se animasse, quem disse que ela entenderia?

Movendo-se como um autômato, andou até a sala. Um dos cadernos da mulher estava aberto no sofá. Sentou-se para ler.

A pele escura, adoro beijá-la. Lambê-la. Cada poro escuro adoro, esculturas de ébano evoco. Branca de leite, eu quero café: desejo a pele escura, o poro escuro, o pau escuro.

Era assim no começo: estou amarrada, Bob Dylan canta *Blood on the tracks*, relax, é só navalha. Na carne. De calcinha e sutiã, ainda molhada da ducha que se seguiu à última surra, abro os olhos e vejo dois bíceps que inflam como balões de soprar. Balões escuros, lustrosos feito espelhos. Estou jogada num canto sobre um colchonete manchado de sangue e porra, os bíceps se flexionam junto a mim, inchando e desinchando no trabalho de remover as cordas de meus pulsos e tornozelos lanhados. Depois, as manoplas que lembram pás de um guindaste escuro pegam meus joelhos e os afastam com decisão. De olhos semicerrados, quase desmaiada, vejo os caninos brilhando contra o céu que a janela do carro emoldura, aspiro aquele futum glorioso misturado à amônia do meu próprio mijo — sinto furar minha calcinha de um só golpe a lança preta. Todo o ar me sai de uma vez, como de um avião que subitamente se descomprime, e dentro de mim o efeito é o mesmo que na aeronave infeliz: malas e pessoas e latas de refrigerante voam, nada fica no lugar, nada.

Eu disse: nada.

(Sentindo o mundo girar, Neumani pensa, grogue, que então é verdade, o mundo gira mesmo, puxa... Depois passa algumas páginas a esmo e lê um novo trecho.)

Apesar do lusco-fusco, Sebastião vai na frente dela sem hesitar um segundo. Dobra esquinas formadas por carcaças empilhadas feito um cego que anda dentro de casa sem esbarrar em nada, seguindo um percurso gravado na mente como segunda natureza. Nora se apressa atrás, coração disparado. Naquela escuridão, julga perder Sebastião de vista duas ou três vezes. Nesses momentos pára, toma fôlego, lança um olhar aturdido para o cemitério de carros, com seus contornos torturados contra o céu púrpura da noitinha. Nora está agora no coração do Moreirão e sabe que já não poderá sair dali por meios próprios. Sente o ímpeto de tentar mesmo assim. Porém, sempre que está a ponto de dar meia-volta e refazer seus passos, avista novamente o vulto de Sebastião se metendo entre uma velha caminhonete sem rodas e uma montanha de calotas de diferentes eras, entre uma fileira de ônibus carbonizados e dois Fuscas que parecem trepar feito tartarugas, e numa vertigem se lança mais uma vez no encalço dele.

Agora o homem entra no que parece ser um beco sem saída e volta-se para ela. Nora diminui o passo. Um sobressalto que é quase uma dor física lhe avisa de repente, surpresa!, que pode estar em perigo. Sua vulnerabilidade no Maracanã dos Ferros-Velhos é infinita. Ouve a própria respiração acelerada, sente o peso da escuridão, que de repente se tornou absoluta a não ser por um naco fino de lua e pelos dentes do homem negro à sua frente, expostos naquilo que parece um esgar, faiscando com uma luz que nem tem de onde vir. Ele abre a porta traseira do carro que, atravessado, fecha a saída do beco. É um automóvel enorme, baixo e comprido. Um Galaxy branco, Nora reconhece, entrando. Desliza pelo banco frio, estampa de oncinha. No encosto, por um rasgão em ziguezague, o recheio sangra – mola e estopa. Pendurados no espelho retrovisor, destacando-se contra o pára-brisa intacto, Nora vê uma figa de madeira e um terço de contas de madrepérola com um crucifixo pesado de bronze. Ocorre-lhe que o Galaxy branco deve ser o carro mais inteiro de todo o Moreirão. Um cheiro de poeira, ferrugem e óleo queimado lhe machuca as narinas. Mistura-se a ele o futum azedo de Sebastião, que entra no carro atrás dela e bate a porta. Nora ouve grilos, tantos que por um segundo o universo parece regido por esses insetos, pela cantoria ritmada deles, aquele animado debate filosófico que travam no crepúsculo. Está deitada de comprido no banco de oncinha, saia levantada de forma acidental, a cabeça num ângulo que parece desconfortável contra a porta fechada do lado oposto. Mas não sente desconforto algum. Sorri, língua acariciando os dentes. Sebastião ajeita as pernas dela em seu colo. As mãos grossas agarram-lhe os pés, brincam um pouco com seus joelhos, pés e joelhos que parecem tão brancos quanto a lataria do Galaxy, e começam a subir pelas coxas. Começam a subir devagar em direção ao centro de gravidade de Nora, e então a mão direita se desvia do caminho para buscar alguma coisa numa velha bolsa de lona que só agora ela percebe existir, e tira lá de dentro uma seringa.

O furgão amarelo-ovo dobrou a esquina relinchando pneus, circundou a praça em poucos segundos e freou ruidosamente. As portas traseiras abriram de par em par. Desceu um homem de macacão amarelo-ovo com um capacete amarelo-ovo e botas pretas de cano alto. O homem trazia nas mãos algo que Neumani, a certa distância, julgou ser uma metralhadora. Atrás do homem saiu outro, vestido igualzinho, com uma traquitana idêntica nas mãos. E mais outro – o furgão vomitava homens sem parar. Neumani contou ao todo dez sujeitos de amarelo, dez capacetes, dez metralhadoras, que rapidamente se espalharam pela praça central de Flowerville, em frente ao Pessanhah Tower, onde Neumani tinha acabado de estacionar.

Houve pânico. Algumas babás tomaram nos braços suas crianças pequenas e saíram correndo antes mesmo que o primeiro homem ligasse a metralhadora e ela começasse a urrar feito um bicho pré-histórico. Em poucos segundos, todas as metralhadoras zuniam num volume demencial, como se a casca azul do dia estivesse rachando ao meio.

Bebês choravam nos carrinhos e colos que os afastavam da praça, certamente sentindo o horror que bombeava no peito e transbordava pelos olhos das mulheres pagas para garantir sua frágil integridade. Neumani via apenas suas boquinhas redondas esgoeladas, amígdalas vermelhas, sem ouvir nenhum som. O berro das motosserras afogava todos os outros. As amendoeiras de Flowerville urravam ao morrer, uma a uma, galho a galho, esquartejadas em rodelas feito salsichas, mas também era impossível ouvi-las.

Nessa zoeira, tudo oscilando, tudo doendo, Neumani descobre de repente uma espécie de paz. Desce do carro e contempla a matança das árvores com o fascínio de alguém que consegue compartilhar profundamente a agonia delas. Que, na verdade, quase deseja o mesmo destino. Todo mundo passa correndo, em fuga, olhos dementes, e Neumani fica. Ele e seu sorriso são o ponto de equilíbrio do dia, a âncora de um mundo definitivamente enlouquecido. Pensa: o que mais tem a perder, agora que decifraram Fermat? Agora que sua mulher está tendo um caso com o mendigo da vizinhança – ou, se não está, deseja muito ter, a ponto de dedicar parágrafos e mais parágrafos de prosa caprichada ao infeliz.

E quem será mais infeliz?

As amendoeiras se decompõem em fatias, uma a uma. Os homens de amarelo-ovo trabalham com eficiência quase mágica. Neumani é a testemunha solitária de seu monstruoso profissionalismo.

Uma menina de seus 16 anos, linda, cabelões alisados, passa por ele correndo. Embora esteja, como os demais transeuntes, atarantada com a zoeira das motosserras, sua fisionomia é familiar.

— Ei, Valesquinha!

Ela estaca, pousa nele um par de olhos perplexos.

— Vamos fugir desse lugar.

Após alguns segundos, a menina parece reconhecê-lo. Hesita, mas entra no carro. Ele arranca rapidamente, antes que ela tenha a chance de mudar de idéia. Após contornar a praça, embica para a saída de Flowerville.

— Coitadas — diz. — Das árvores, eu digo.

Ela fica muda.

— Você esteve com o velho hoje?

Nada, nenhuma reação. Neumani decide mudar de tática.

— O que você faz com o doutor Peçanha... hã, você sabe...

A menina continua a olhar para a frente em silêncio.

— Posso falar claro? Você é uma profissional, posso tratar você assim?

Sente a calça apertar na cintura. Aproveita um sinal vermelho para tirar as mãos do volante e afrouxar o cinto. Valesquinha percebe isso com o canto do olho.

— Eu sei que ele paga. Eu pago também, quer dizer, se você...

Valesquinha olha para ele finalmente. Não são olhos de puta: são olhos — Neumani até se espanta — de aristocrata louca que morreu de orgulho.

— ... se você for...

Chega a sentir medo de Valesquinha, uma coisa irracional. Bobagem, uma criança.

— ... profissional, entendeu? É que eu preciso, eu preciso demais. A minha mulher, mulher mesmo, no civil e no religioso, não me dá nada faz mais de um ano. É verdade, nada. Porra nenhuma, mais de um ano. Dá pra acreditar? Uma situação realmente...

A menina sorri. Parece ter funcionado o golpe baixo, do qual, evidentemente, não se orgulha: aquela exposição despudorada de intimidade a uma estranha. Mas a causa era justa.

— E aí, eu tenho chance?

— Duzentinho. Adiantado — diz ela, balançando o cabelão num movimento que Neumani acha adorável. Fica agitado ao volante.

— Oba, certo, agora mesmo, então. Onde? Para onde você...?

— Encosta aqui.

— No acostamento?

— Qual o problema?

— Eu acho que eu preferia...

— Aqui não passa ninguém.

Dá seta, pára o carro. É um trecho desolado da estrada, perto do Moreirão, o Maracanã dos Ferros-Velhos. Um caminhão passa em alta velocidade, terremoto ambulante, buzinando. O Fiat chacoalha inteiro.

Valesquinha olha fundo nos olhos dele. Neumani puxa a carteira, paga o combinado. Ela mantém os olhos pregados nos dele enquanto se abaixa e pega seu cinto. Desafivela-o com habilidade, sempre a encará-lo com um sorriso sacana que está mais dentro dos olhos do que nos lábios entreabertos. Parece ter água na boca, antegozando o que está prestes a abocanhar, pensa Neumani, já duro feito uma pedra — um ano e dois meses, é mole? Não, nada mole. Tudo menos mole.

Valesquinha abaixa o olhar finalmente. Para surpresa de Neumani, não se satisfaz em desabotoar-lhe a calça, descer o zíper e libertar seu pau da cueca — o que bastaria para o serviço que está prestes a executar e, pensando bem, é o máximo de nudez que o bom senso recomendaria nessa situação, à beira de uma estrada de movimento no meio do dia. Não: executadas essas operações, a menina começa a lhe puxar as calças para baixo. Absurdamente, sem juízo nenhum. Neumani obedece, levantando a bunda do assento para facilitar a manobra. Ela desce tudo até a altura dos joelhos.

Ele lateja, coração aos pinotes, vigiando a estrada ora pelo pára-brisa, ora pelo retrovisor. Valesquinha lhe toma o saco na mão em concha, entre o carinho e a curiosidade, como se avaliasse o peso do material ali contido.

A dor que ele sente é a maior de sua vida. Tão grande que por um segundo vira anestesia, e tudo fica nítido e vermelho dentro de seu grito: Valesquinha lhe esmagando as bolas com dedos fortes, um apertão só, profissional, de quebra-nozes, antes de abrir a porta do carro e sair correndo pela estrada.

Desmaia.

11

Depois que Neumani sai, Nora prepara um banho de imersão. Na falta de sais aromatiza a água com o que tem em casa: cravos-da-índia, três ou quatro gotas de baunilha. Meia hora depois, enxuga-se com movimentos lentos de massagem, olhando seu corpo branco no espelho colado na parte interna da porta do armário embutido. O trabalho de manicure e pedicure lhe toma um bom tempo, e como está sem prática acaba se ferindo de leve no polegar da mão direita. Flerta com um esmalte de cor viva mas fica apenas com uma base, um brilho incolor. Gasta mais vinte minutos escolhendo o vestido, experimenta vários antes de se decidir por um singelo de alcinha, uma estampa floral quase abstrata em tons de verde e laranja, flores gigantes como as de Georgia O'Keeffe. O vestido lhe expõe as pernas na medida certa com sua barra a meia altura entre os joelhos e a calcinha – esta também escolhida a dedo, vermelha, nem pequena nem grande, comprada há mais de um ano e nunca usada. Nos pés, uma sandália prateada de salto baixo. Uma gota de Paloma Picasso atrás de cada orelha, embora saiba que a hora, o traje e a ocasião pedem um perfume mais leve.

E pronto: Nora está pronta. E agora? A expectativa lhe revira lentamente o estômago. À mesa da sala de jantar, escreve:

Aquele que cometer a imprudência de encarar seus próprios abismos terá vida curta e atribulada, mas boas chances de atingir um tipo de notoriedade – criminal, artística etc. – do qual a brevidade da existência parecerá o corolário óbvio e necessário. Os trágicos. Não devem viver bem, desconhecem a paz de espírito e o conforto social, sentem-se atraídos pelo que os repugna e descobrem nessa transgressão uma espécie de prazer de segundo grau, um passo além – sempre além. Mesmo quando, à custa de forçar limites, perdem o equilíbrio e se atiram no cipoal escuro de suas pulsões mais primitivas, como mariposas bestas kamikazes no fulcro da chama de uma vela. No entanto continuam vindo, não é mesmo? Fornadas e fornadas de trágicos rabiscando poemas, bilhetes de suicida e um X na cara das prostitutas. Por que isso?

EXMO SR CRIADOR *VG* FAVOR CONSIDERAR CESSAÇÃO MODELO TRAGICO PT BAIXA RELACAO CUSTO BENEFICIO *VG* BAIXA LONGEVIDADE *VG* RISCO MODELOS SADIOS PT AMEM

Pensa: não, eu posso recuar! Viver para esquecer o que vi, transformar o esquecimento na razão de ser da minha vida. Sente-se na soleira de uma porta entreaberta. Pode empurrá-la e entrar, ou dar meia-volta e descer a rua ao encontro do sol. Sente um frio súbito.

Quem disse que tem escolha?

A campainha toca. Como se fosse um corredor que só aguardasse o tiro de largada, o coração sai disparado atrás de algum recorde lá dele. No vestíbulo, Nora pressiona o interruptor que destrava o portão da frente, ouve seu estalido. Respira fundo. Abre a porta para receber o homem forte e meio grisalho que sobe os degraus de cerâmica vermelha com agilidade de menino.

Sebastião aperta seu corpo, morde-lhe a boca, levanta-a do chão. Entra em casa com ela no colo.

— Toma cuidado, monstro! — Nora ri. — Você está carregando duas pessoas.

Estendidos no tapete da sala, só se desgrudam quando, duas horas depois, o telefone toca. Ela se levanta para atender, o espelho de moldura rococó na parede a deixa entrever de passagem uma mulher nua e azulada feito um peixe.

— Ah, doutor Mirândola. Sim, está bem do meu lado.

Passa o fone para Sebastião, que durante um ou dois minutos nada fala. Com uma expressão cada vez mais carregada, limita-se a ouvir, olhando para ela como se não a visse e balançando a cabeça ora em negação, ora concordando. Nora, a quem nunca ocorreu que negros pudessem empalidecer, agora descobre que sim, empalidecem. Seu negão está lívido da cabeça aos pés.

— Mas... — Sebastião balbucia por fim. — Tem certeza? — e depois de um novo silêncio: — Isso não parece muito certo, não, não, é claro que o senhor pode contar comigo. Não, eu me lembro bem do plano B. Obrigado por tudo, doutor Mirândola. Adeus, doutor Mirândola.

Depois de desligar fica um tempão em pé no meio da sala, pelado e absurdo, olhando para o vazio. Então encara Nora e lhe diz que vão precisar de todo o dinheiro que houver na casa, algumas roupas do marido dela também, uma mala pequena, tudo a jato, voando. O que aconteceu? Vão para muito longe, não voltam mais, depois ele explica, quando estiverem no táxi e fora de perigo, agora não têm um minuto a perder. E Nora entende pelo tom de Sebastião que é melhor fazer o que Mirândola lhes ordenou que fizessem, acha até natural que seja assim. É o futuro começando, pensa, a vida explodindo dentro dela, fora dela, essas coisas nunca vêm sem dor. Junto com algumas mudas de roupa, documentos, escova de dente, enfia na mala seus cadernos também.

O desmaio dura pouco. Quando Neumani levanta a cabeça dentro do carro, com um gosto azedo na garganta e a dor entre as pernas ainda latejando forte, vê, uns cem metros adiante, Valesquinha se meter por um buraco na cerca à beira da estrada para dentro do Moreirão. Respira fundo por alguns instantes, joga na boca dois compridos de antiácido e, com passos travados, doloridos, se põe no encalço da menina. Um helicóptero negro cruza o céu sobre sua cabeça, indo na mesma direção.

Não demora a encontrar o buraco no alambrado por onde Valesquinha entrou. Esse começo promissor o deixa contente, mas a esperança dura pouco. Uma vez dentro do Moreirão, se dá conta de que o ferro-velho é um mundo em si, megalópole de carcaças empilhadas cortada por uma rede caótica de ruas, becos e vielas que ele poderia palmilhar às cegas por dias, sem chegar a lugar nenhum. O desespero de saber que qualquer escolha que fizer será só um tremendo chute quase o esmaga, mas não tem tempo a perder com o desalento. Decide-se por um caminho que lhe parece um pouco mais largo entre dois ônibus carbonizados, o único que talvez mereça o nome de avenida, e se enfia correndo por ele.

Para não andar em círculos tenta se guiar pelo sol, mas ele está alto demais no céu — é perto de duas da tarde — e de pouco lhe serve. Lamenta nunca ter estudado para valer a matemática dos labirintos. A cada encruzilhada decide aleatoriamente qual caminho tomar sem diminuir o passo, como se a mímica da segurança dos que sabem aonde estão indo pudesse tapear sua desorientação. Tropeça feio a certa altura, cai de borco, e a dor é aguda: um fragmento afiado de metal se cravou em seu cotovelo direito. Quando o arranca, abre uma torneira de sangue escuro, mas nem isso o detém. Aperta o cotovelo com a mão esquerda e continua em disparada, a única diferença é que agora um fio de sangue vai marcando o caminho percorrido.

De repente, vozes. Vêm de algum lugar à sua frente, um ponto próximo mas ainda oculto do Moreirão, e qualquer coisa no tom do debate o leva a estacar. Uma das vozes pertence a Valesquinha. As outras, com certeza mais de uma, talvez muitas, são masculinas. Passa-lhe pela cabeça a idéia repugnante de uma suruba no Maracanã dos Ferros-Velhos, mas ela é incompatível com o que a menina está gritando agora:

— Me solta, filho-da-puta!

O berro de Valesquinha tem sobre Neumani o efeito de uma mola. Seus músculos o catapultam à frente, os olhos já procurando alguma coisa que possa ser usada como arma e encontrando um pedaço de cano de descarga. Empunha o porrete metálico e se lança.

Dá numa espécie de clareira, a maior que viu até agora no Moreirão. A cena é dominada por um helicóptero pousado, o brilho espelhado de seu negrume parecendo mais ofuscante em contraste com as foscas montanhas de ferrugem que o rodeiam. Ao lado do helicóptero e diante de uma Kombi sem rodas que tem a barriga colada no chão de terra, três homens corpulentos vestidos de preto dos pés ao pescoço apontam armas para Valesquinha. Um quarto, paramentado igualzinho aos colegas, se ajoelha diante dela e corre as mãos por seu corpo, apertando-lhe os seios, metendo-as por baixo da saia. Afastado dois passos do grupo, um velho de agasalho cinza observa tudo de braços cruzados. Neumani registra o quadro sem parar de correr na direção do pequeno aglomerado junto à Kombi. Não lhe ocorre que o homem ajoelhado à frente de Valesquinha a esteja revistando. Parece muito claro que o que tem diante de si é um ato de violência sexual cujo líder só pode ser aquele velho nojento, coroa tarado, e sendo assim é a cabeça branca dele que decide esborrachar primeiro com seu tacape de ferro. Está quase chegando lá quando os sujeitos armados dão por sua presença e já se viram atirando, todos ao mesmo tempo, três, nove, quinze tiros em seu peito aberto. Valesquinha aproveita a confusão para tentar fugir e é alvejada pelas costas.

O cubo da hipotenusa jamais será igual à soma do cubo dos catetos, murmura Neumani, caído de costas sobre uma pilha de radiadores. São suas últimas palavras.

— Ieda, a candidata já chegou?
— Está aqui, doutor. Só que...
— O que foi?
— Bom, ela... É melhor o senhor ver com seus próprios olhos. Posso mandar entrar?

– É feia?

– Não me parece, não, pelo contrário.

– Então manda.

A menina que a equipe do general Boaventura pré-selecionou para a vaga de Priscila entra na sala muito séria, provavelmente assustada, de rabo-de-cavalo, blusa curta acima do umbigo e minissaia. Peçanha abre um sorriso largo, que no entanto não lhe chega aos lábios. Só os olhos chispam, traduzindo a satisfação que sente com a aparência da candidata: miúda, olhos redondos e cândidos de heroína de cartum japonês, uma boquinha almofadada e úmida que, só de olhar, faz o peçanhudo peçanhar-se inteiro. Aparenta 12, 13 anos no máximo. Dessa vez parece que o general se superou.

– Chegue aqui perto da poltrona, *my angel* – ele capricha na doçura da voz. – Qual é o seu nome?

A menina se aproxima devagar, olhos no chão. A dois passos dele, estaca.

– Naiara – diz.

Peçanha se crispa inteiro. Se a satisfação de um minuto atrás não lhe aflorou aos lábios, o horror que sente agora está estampado em cada músculo de seu rosto. A voz volta ao timbre normal, mistura de trovão com serrote:

– Você usa... aparelho?

A menina leva a mão aos lábios, mas está tão boquiaberta com a reação de Peçanha que o gesto não consegue esconder o brilho das placas de metal prateado que lhe recobrem os dentes. Ele aponta a porta.

– Ponha-se daqui para fora imediatamente! – brada.

Naiara dá meia-volta e sai correndo. Seus soluços vão atrás dela.

Peçanha ofega em sua poltrona, roxo. Onde Boaventura estava com a cabeça? Estaria ficando gagá? Ou quem sabe se bandeou para os Spindolas e planejava, com requintes de crueldade, submeter o peçanhudo a um afiado ralador de queijo, reduzindo-o a meio quilo de carne moída?

— Ieda, me ache o general. Preciso falar com ele urgentemente.

Boaventura lhe deve uma boa explicação. Uma menina de aparelho, francamente... *What next?* Será que não pode confiar em mais ninguém?

Nunca teriam descoberto a passagem secreta no chão da Kombi, sob um pedaço de lona encerada, se a menina não os tivesse conduzido até lá. Os condoguardas descem primeiro, empolgados com a ordem de atirar em tudo o que se mover. Boaventura segue atrás, demorando-se nos quatro degraus desajeitados da escadinha de mão que por fim o depositam no túnel estreito e baixo. O foco de sua lanterna serve apenas para revelar mais escuridão terra adentro. O cheiro de umidade e mofo, de terra preta e podre, preenche como matéria pastosa todos os espaços que deveriam ser ocupados pelo ar entre as paredes decoradas com raízes, minhocas e caracóis. Como uma cova, pensa o velho milico, que precisa recorrer à memória de antigos treinamentos de sobrevivência para dominar o instinto que o manda sair correndo dali. Obriga suas pernas a irem em frente, curvado, respiração curta, olhos lacrimejando. O chão é lamacento e mole sob seus pés.

Muitos passos depois, quando tem a sensação de haver percorrido 1 quilômetro, uma curva à esquerda revela um trecho mais confortável da galeria, de altura quase suficiente para que ele adote uma postura ereta. O piso ali é firme, de terra batida. Boaventura ouve gritos e tiros, mais gritos – uma fuzilaria. Depois, o silêncio. Apressa o passo. Lá na frente, uma luminosidade azul indica o caminho.

Desemboca numa espécie de salão com paredes de pedra, ainda baixo e opressivo mas relativamente amplo, bem iluminado, com seus cinqüenta metros quadrados ou quase isso. Em três dos cantos, grossas grades de ferro delimitam pequenas celas empoeiradas, vazias. Uma das paredes é tomada por uma pilha de tonéis de metal. Em outra, recorta-se a porta que conduz a um novo aposento do mesmo tamanho, e este a um terceiro. Faz trinta anos que não põe os pés naquele lugar, mas se lembra bem da planta. Como esquecer?

No primeiro cômodo, duas mulheres estão deitadas no chão de terra batida, no meio de poças de sangue que pouco a pouco vão se alargando. Têm barrigas pronunciadas em diferentes estágios de gravidez: uma média, uma grande. Fixam com olhos mortos as quatro lâmpadas compridas de luz fria no teto.

O segundo aposento também tem grades nos cantos, mas é dominado por uma mesa metálica longa, de aparência industrial, cercada por cadeiras de ferro fundido com encosto trançado em motivos florais, como as que se usavam nos jardins de antigamente. Uma grande estante cheia de caixas de papelão e livros cobertos de poeira toma a parede do fundo. Sentado numa das cadeiras, sob a mira das pistolas dos quatro condoguardas e diante de um aparelho de telefone feito em pedacinhos, um velho muito velho, magro mas barrigudo, contempla uma terceira mulher estendida no chão. Esta caiu de bruços, sobre a barriga que é ainda maior do que as outras duas no quarto ao lado, e continua a gemer e tremelicar de leve, em estertores que Boaventura identifica como aquela teimosia patética, já sem esperança, dos últimos instantes de uma vida. Ou, no caso, de duas.

— Ele estava falando no telefone quando chegamos — diz um dos condoguardas. — Não atiramos porque ele continuou sentadinho ali, não tentou fugir.

— Fizeram bem.

— Mas achei melhor atirar no telefone — completa o homem, parecendo acreditar que merece uma medalha por sua esperteza.

Boaventura o ignora.

— De quantos meses elas estavam? — pergunta a Mirândola. Reconheceu imediatamente o ex-sócio de Peçanha, embora não o visse há décadas.

O velho responde sem tirar os olhos da poça de sangue preto que cresce no chão.

— Cinco, sete e nove.

Boaventura puxa uma das cadeiras de ferro fundido e se senta do outro lado da mesa, de frente para Mirândola. Este finalmente olha para ele. Certo de estar diante das olheiras mais magníficas que já viu, o general sente lhe aquecer o corpo uma onda de respeito pelo adversário.

— Todas grávidas de Victorino Peçanha — diz. — Qualquer exame de DNA comprovaria isso, três causas imperdíveis. E por muito pouco não deu certo, que plano inacreditável... Estou impressionado.

O outro não parece afetado pelo elogio. Com ar catatônico, voltou a olhar para a mulher que agoniza no chão.

— Vamos ver se eu entendi direito. Uma das putinhas do Peçanha, aquela que nós matamos ali em cima no ferro-velho, trazia a porra na boca, confere?

Mirândola permanece mudo.

— Como ela conseguia fazer isso? Sério, eu queria entender. Não muda nada, de qualquer maneira. A menina morreu, o tal de Neumani também.

Isso parece despertar finalmente o velho advogado. Ele encara Boaventura.

— E eu sou o próximo — diz, calmo.

— É claro que é. Não vou enganar você, não vou prometer o que não pretendo cumprir em troca de informação. Não que você fosse se deixar enganar, estamos velhos demais para isso. Eu ganhei, você perdeu. Se me contar, se não contar, dá no mesmo. O fim dessa história já está escrito. Mas eu fico curioso.

— Um dentista fez o serviço na Valesquinha — a voz de Mirândola não trai emoção alguma, só um cansaço infinito. — Escavou panelas fundas nos molares e pré-molares inferiores. Fez também umas próteses destacáveis para tapar os buracos, que ela podia usar quando quisesse e tirar quando bem entendesse.

Boaventura riu.

— Dentes panelados!

— Cheias de sêmen, as panelas ficavam invisíveis. Isso porque — e pela primeira vez a voz de Mirândola parece acusar uma ponta de orgulho — porra e dente têm a mesma cor, não têm? Aquela cor de creme marmorizado, de marfim. O Peçanha podia examinar o quanto quisesse, jamais tinha como ver as piscininhas de sêmen no fundo da arcada dentária da Valesquinha. Da Valesquinha... — O palavrão emerge sem se anunciar na superfície lisa da sua apatia: — Filhos-da-puta!

— O que eu não entendo — diz o general, ignorando o arroubo e disposto a manter a civilidade da conversa a qualquer custo — é por quê. Por que esse trabalho todo, Mirândola? Só por causa de Nova Esplanada, do prejuízo numa transação imobiliária? Não faz sentido, a conta não fecha.

Mirândola ergue o rosto congestionado. Suas olheiras são negras. Encara o oponente com ar de desafio:

— Meu neto está morto, não está?

Boaventura dá um suspiro. Com o rabo do olho bom, percebe que a grávida emborcada no chão acaba de deixar escapar o último fio de vida a que se agarrava. Está abafado ali embaixo.

— Foi um acidente — diz. — Ele estava sendo transportado de helicóptero, tentou fugir, caiu. Lamento muito.

O advogado esconde o rosto entre as mãos, o corpo sacudido por soluços, mas seu choro não emite nenhum som. Então, num surto brusco e surpreendente de energia, tenta se levantar da cadeira.

— Opa, vovô! O que é isso? — Os condoguardas o seguram. Um deles cola o cano da pistola automática em sua testa. O general acena para que tenham calma.

Há uma fagulha demente nos olhos de Mirândola agora. Boaventura sente um arrepio gelado.

— Por causa da tina de ácido — rosna o dono das olheiras. — Eu podia deixar passar tudo, menos a tina de ácido.

O velho militar empalidece. Manda os condoguardas deixá-los sozinhos. Diante da relutância dos quatro, que se entreolham, ergue a voz:

— Tem dois outros cômodos neste porão. Vão lá, procurem pistas, aproveitem pra fazer uma meinha, o diabo que quiserem. Ou não façam porra nenhuma, por mim tanto faz. Mas me deixem interrogar o suspeito a sós.

Os quatro obedecem. Boaventura arrasta a cadeira para ficar ao lado de Mirândola. Admira-se de encontrá-lo sorrindo.

— Então você sabia do ácido, general. Eu nunca tive certeza disso.

— Fui contra, mas era guerra — o milico abaixa os olhos a contragosto. Mantém a voz em volume apenas audível, receoso da bisbilhotice dos condoguardas. — Uma puta duma guerra.

— Mas por que ácido, caralho? Qual o sentido?

— Porra, Mirândola, não é evidente? Sumir com os corpos, apagar vestígios. Estávamos ficando cercados por nossa própria gente, foi um ato de desespero.

— Um ato infantil e inútil. Não existe ácido tão potente assim, vestígios sempre vão ficar. Era só ter consultado o químico do Exército.

— Logo descobrimos isso — Boaventura tira um lenço do bolso para enxugar o suor que lhe inunda a testa. — Durou pouco a tentativa. Se bem me lembro foi só um cadáver, de uma indigente achada morta na rua, que passou pela experiência. Como você soube do ácido?

Mirândola faz um gesto abarcando o porão.

— Como você vê, o incêndio providenciado pelo Peçanha foi um fiasco. Uma fogueirinha mixuruca. Vocês imaginavam que o fogo destruiria tudo aqui embaixo, não é? Ficaram crentes que o assunto estava morto e enterrado. De um lado, a anistia ampla. Do outro, um assunto estorricado, cinza pura, lá no fundo da terra. Uma perfeição – o velho parece estar começando a se divertir. – É impressionante que oficiais de elite do nosso glorioso Exército não tenham se dado conta de que as chamas precisam de oxigênio para se espalhar, e que oxigênio é mercadoria escassa aqui embaixo. Diante de tanta incompetência, foi até uma sorte o assunto passar tantos anos enterrado. Mas aí, um belo dia, eu me mudei aqui pra cima.

O general guarda o lenço no bolso. Ensopado, o paninho é impotente contra o suor que agora lhe brota no corpo inteiro. Sentindo que seu olho direito pisca sem parar, tem a impressão de que o mal-estar que o domina já não guarda relação alguma com o velho triste à sua frente, antes é provocado pelo velho tristíssimo que ele próprio, João Boaventura, se tornou. Olha para um dos cantos gradeados, o mesmo em que penetrou naquela noite fria de maio em que, arriscando-se a ser visto como traidor por seus confrades, decidiu libertar Maria Fernanda Fróes de Barros Roditti.

Primeiro, como fez há pouco, ordenou aos guardas que os deixassem sós. Então deitou-se com cuidado ao lado dela. Maria Fernanda encarava a parede de pedra fingindo que dormia, e só depois de alguns minutos começou a se virar para ele lentamente. Havia nesse vagar uma sensualidade quase insuportável. Ficaram no escuro por um tempo que Boaventura não saberia medir, a subversiva e ele, um major da inteligência do Exército, respirando a respiração um do outro. E ele a beijou. Nunca tinha havido, nunca mais haveria um beijo como aquele na vida de João Boaventura. Ela retribuiu.

– Você vai embora hoje. Some, não volta nunca mais.

Teve que pigarrear para recobrar a firmeza da voz. Maria Fernanda Roditti o olhava como se não compreendesse. Era uma menina de nem 20 anos ainda, menos da metade da idade dele. Beijaram-se de novo. Ele tocou de leve o seio direito dela, o mesmo que, na semana anterior, tinha queimado com uma ponta de cigarro.

— Não volta nunca mais, nem para nós nem para *eles*. Voltou, você morre. Por favor não morra.

Pensou que devia acrescentar, mas não acrescentou, e as palavras ficaram ecoando só dentro da sua cabeça:

— Meu amor.

Enfiou dinheiro no bolso dela e a conduziu de olhos vendados pela saída secreta do Farmacon — a mesma por onde hoje, trinta anos depois, entrou com passos incertos e respiração curta de velho. Acomodou-a no banco traseiro de seu carro e dirigiu até uma estrada deserta na zona rural. Quando lhe abriu a porta e tirou a venda de seus olhos, Maria Fernanda, codinome Betina, se assustou. Parecia um passarinho que se recusa a sair voando mesmo quando lhe escancaram a gaiola. Finalmente se convenceu de que a generosidade do inimigo não era um truque e sumiu dentro da noite sem olhar para trás. Boaventura nunca mais a viu.

Mirândola abana a cabeça com obstinação.

— Não adianta, general. Nada do que você diz é verdade. Nem que era um corpo só, nem essa conversa de indigente encontrada morta, nem que vocês só queriam se livrar das evidências. Teve gente que foi jogada nessa tina viva.

Trazido de volta ao presente com brutalidade, Boaventura reage indignado:

— Não, isso não!

— Sim, isso sim. Posso apanhar a prova ali atrás?

O velho advogado se levanta da cadeira, todas as suas juntas rangendo, e caminha até a estante dos fundos com passos bamboleantes. Volta de lá com um grande caderno de capa dura, como aqueles em que os pequenos comerciantes de antigamente anotavam sua contabilidade.

— É incrível, mas vocês tinham tanta certeza de serem intocáveis que até ata de atrocidades faziam — diz, com um pequeno riso incrédulo. Volta a se sentar e abre o livro sobre a mesa, procura a página certa: — Aqui está, numa anotação de 23 de maio: "P. sugeriu que baixa capacidade de dissolvimento pode estar relacionada à inatividade dos objetos dissolvidos. Diante da dificuldade de se mexer a mistura com uma pá ou colher grande, P. propôs experiência nova: dissolver objetos animados, que desse modo podem fazer eles próprios, debatendo-se, a necessária mexeção. Idéia potencialmente genial. Objeto Betina, evadido mas recuperado hoje no meio do mato, lançado na tina às 23h45. Resultado: melhor, mas ainda insatisfatório".

Boaventura sente o porão escurecer de repente, embora as lâmpadas frias continuem acesas no teto. Todo o suor que o banha se evapora num segundo, o coração bate em sua garganta, a cadeira tomba para trás. O barulho atrai os condoguardas, que vêm correndo do outro aposento, armas em punho:

— O que foi, general?

Deitado de costas, com um olho aberto e o outro fechado, João Boaventura não responde. Um dos homens se ajoelha e põe dois dedos em seu pescoço.

— O general morreu — diz.

Sentado em sua cadeira, Mirândola consulta o relógio de pulso: Sebastião, Nora e o único herdeiro de Flowerville já devem estar longe. Fecha os olhos e torce para ouvir logo o primeiro estampido.

Copyright © 2006 Sérgio Rodrigues

Todos os direitos desta edição reservados à
EDITORA OBJETIVA LTDA Rua Cosme Velho, 103
Rio de Janeiro — RJ — CEP: 22241-090
Tel.: (21) 2199-7824 — Fax: (21) 2199-7825
www.objetiva.com.br

Capa
Tecnopop [Marcelo Curvello, Vanessa Feierabend]

Revisão
Elisabeth Lissovsky
Isa Laxe
Damião Nascimento

Editoração Eletrônica
Abreu's System Ltda.

CIP-BRASIL. CATALOGAÇÃO-NA-FONTE
SINDICATO NACIONAL DOS EDITORES DE LIVROS, RJ.

R616s
    Rodrigues, Sérgio
        As sementes de Flowerville / Sérgio Rodrigues. – Rio de
    Janeiro : Objetiva, 2006

        135 p.   ISBN 85-7302-818-1

        1. Romance brasileiro. I. Título
06-3585   CDD 869.93
                      CDU 821.134.3(81)-3

Conheça mais sobre nossos livros e autores no site
www.objetiva.com.br

Disque-Objetiva: (21) 2233-1388

markgraph

Rua Aguiar Moreira, 386 - Bonsucesso
Tel.: (21) 3868-5802   Fax: (21) 2270-9656
e-mail: markgraph@domain.com.br
Rio de Janeiro - RJ